ぬばたま

樋口虚舟

創英社／三省堂書店

目次

ぬばたま

ぬばたま

淡　雪

　時折立ち寄る表通りの菓子屋が、最近、代替わりしたらしい。こざっぱりした商店の連なる中に、古色蒼然とした薄暗い店が虫喰いのようにポツンと取り残されているのも、わずかに浅緑の痕跡をとどめるだけの何とも判読しかねる屋号を記した鴨居の上の看板も、以前と変わりないのだが、店の奥に白い上っ張りを着た見慣れない男が主《あるじ》然として座っている。

　素通りするつもりでいたら、それ迄いたずらに通りの向こうをさまよっていた菓子屋の視線が、まだどこか遠くの方を眺める虚ろな感じを残したまま、いつの間にかこちらの視線に絡みついて離れなくなった。

つい足をとめ、漫然と店先を覗き込んだ。三坪ほどの店の中には相変わらず細長いガラスの陳列棚が一つ置かれ、その中に、色も形も薄ぼんやりした、ついぞ見かけぬ生菓子の売れ残りが五つ六つ散らばっている。

主人は満面に笑みを湛えて立ち上がった。

「おや、いらっしゃい。本当に久し振りでございますね……あいにくあらかた出ちまいまして碌なものは残っちゃいません。おいでになると判っていましたら、取って置きましたのに」

その声には如何にも懐かしげな調子が込められていたので、改めて主人の顔をさり気なく眺めた。白くふやけたような取り止めのない丸顔が猪首の上にのっている。童顔と短く刈り込んだ半白の頭がどことなくちぐはぐで、年恰好が判然としない。その顔に見覚えはなかったけれど、ぶれた写真を思わせる、ぼやけた顔にぴたりと焦点が合えば、その奥から、昔どこかで見た顔が忽然と浮かび上がってくるような気がした。

「商売繁昌で結構だね」

「いえ、何しろつくる数が知れてますから」

「思い違いかも知れないがね。ここは、ついこの間まで、確か、お年寄り夫婦がやっていたと思うんだが」

主人は私の声がまるっきり聞こえなかったような空とぼけた顔をしていた。特別菓子を食べたいとも思わないが、今後のこともあるから、この際試食してみるのも悪くない。

「それじゃ、残っているのを貰おうかな」

主人は静かにかぶりを振って微笑んだ。そしてまるで手品師のように、どこからか小さな紙の折を取り出し、包みもせずに差し出した。

「こちらの方がよろしいでしょう。これになさいまし」

受け取ってふたを開けると、丁度一口に含めるくらいの四角い純白のきめ細かな干菓子がぎっしり詰まっている。

「落雁かね」

主人は黙したままにっこり笑った。

「これはいくら」

「さあて……」

主人はちょっと戸惑いの表情を浮かべ、ひとしきり訳の判らぬことをむにゃむにゃ呟いてから、また商売人らしいテキパキした口調で言った。

「試しにつくってみたのですが、ただというのもかえって失礼かも知れません。それでは百円だけ戴いておきましょう」

一瞬いやに安いな、と思った。しかし食べてみないことには安いのか高いのか見当がつかない。ただでも辞退したいものもある。何気なく干菓子を一つつまみ上げたら、急に主人は真顔になり、固唾《かたず》を呑んで次の所作を待ち構えた。その目を意識しながら、私はおもむろに菓子を口に入れた。

舌にのった菓子はまるで重さというものを感じさせず、その角が奥歯にちょっと触れるか触れぬうちに粉微塵に砕け、あっと思う間に舌の上で溶けてしまった。後には唯ひんやりとした口当たりの余韻ばかりが爽やかに残った。ほんのりした甘味がまだ少し舌に残っているようでもあるが、それは一種の香気の如きものが微かに鼻口に漂っているせいらしい。

おやと思ってもう一つ口に入れた。しかしそれも瞬時にして溶け、あるか無きかの朧気な懐かしい後味を残して口中から逃れ去った。満たされない気持がつのり、もどかしくて堪らず、私は夢中になって次から次へと菓子を口の中へ放り込んだ。

目の前に何かチラチラしはじめた。顔を上げると、そこは若草が一面に顔を覗かせている野原であった。遊び友達の姿はどこにも見えない。少し心細くなった。

地平に這いつくばっている黒ずんだ家並の中に、しゃんと背を伸ばした火の見櫓とずんぐりうずくまったお寺の大屋根だけはどうにか見分けることができた。家並の両側に広がる雑木林は葉を落として、あらわになった黒っぽい骨組の先端が淡い緑色にけぶっている。そんな風景が見る見る白い画布に点描されたようになった。

灰色の厚い雲に覆われた空から、雲の色とはおよそ似つかわしくない真白な雪がふわふわ舞い降りてくる。その中には美しい結晶がはっきり見て取れる桜の花びらよりも大きい雪片も混じっている。無性にその美しい大きな雪片が食べたくなり、上を向いて口を開けた。

しかし雪は空中にびっしり詰まっているかの如く見えるのに、近づくにつれてまばらになり、口の真上まできても、からかうように浮き上がって右へ左へ逸れてしまう。

そのくせ目潰しだけはたっぷり食わせてくれる。たまに横合いから慌てふためいて口の中へ飛び込んでくる小さな雪片も、舌に触れぬうちに物惜しみするように溶けてしまい、遥かな天の味を賞味させてくれない。

苛立って思い切りのけ反り、裂けるほど口を開けた。すると私の体はふわりと地面を離れ、霏《ひ》々と降りしきる雪を掻き分けて薄暗い天へゆっくり浮かび上がっていくようであった。

「どうやらうまく出来たようだ」

傍でぼそりと呟く声が聞こえた。

胡桃の木と驢馬

妻と生まれて一年余りになる娘を連れて、郊外に住む同僚の内田さんの家を訪ねた。目指す家は艶やかな新緑の木立の中にひっそり埋もれていた。

私も妻も内田さんの奥さんにお目に掛かるのは初めてであるし、妻は内田さんとも面識がない。内田さんの方にも我家と同じ年頃の娘さんがいたのには少なからず驚いた。それまでそんな話は全然聞いていなかったからである。内田さんも私達の一行を見て、何故かちょっとびっくりしたような顔をした。

初対面の挨拶もそこそこに、かみさん達はすでに逞しさすら感じさせる腕に子供を抱きかかえ、亭主をそっちのけにして、まるで十年来の知己のように育児の話に熱中しはじめた。

二人とも自分の体験を語りたくて堪らないらしく、コーヒーを飲んだり菓子をつまんだりするのさえももどかしげに、相手の話の終わるのを待ちかね、喜々として互いに話題を奪い合っている。その勢いにはいささか呆れもしたが、何の変哲もない出来事をさも大事件のように、しかも心底から楽しそうにおしゃべりしているのが如何にも微笑ましかったので、私は妻をたしなめたりはしなかった。

日頃から物腰に悠揚迫らぬところがあって、すでに大人《たいじん》の風格すら備えはじめている内田さんも、この有様にはちと閉口したらしく、取って置きのコニャックを二個のグラスにたっぷり目に注ぐと、苦笑いしながら、庭に出ましょうか、と誘った。

私たちはサンダルをつっかけ、ベランダの木の椅子に腰を下ろした。午後の日射しは思ったより強く、緑陰を吹き抜けてくる微風が爽やかであった。

客人に対するもてなしは面白い話に如《し》くはない。おまけに上等のコニャックまである。平生は控え目で、ちょいちょい駄洒落を交えながら相槌など打っている内田さんも、そこは主の威光を遺憾なく発揮して存分に話の馳走をしてくれた。内田さんはなかなか博学である。一寸余り伸びた顎髭を捻りながら、モーツァルトやバルトークを論じ、世相を難じ、矛先を一転して我国の最近の小説を舌鋒鋭くからかい、聞き手を飽かすことはなかった。

しかし幾らも経たぬうちに、私は少々妙なことに気づいた。内田さんの話の中に、諺、金言、俚諺の如きものが無闇矢鱈に混じるのである。しかもそれらの全部が全部初耳ときている。

最初のうち私は内田さんが「世界の諺集」とでもいうような本を読んでいるのかなと勘繰った。しかし一読して覚えたにしてはその数があまりにも多過ぎるし、聞き慣れない表現とはいえ、その用い方が如何にも自在で話の内容に一々ぴたりと当てはまるので、とても付け焼刃に覚えたとは思えない。私はほとほと感服して、中でも特に珍しい気に入った言い回しが出てくると、ぜひとも覚えておこうと思った。ところが聞く傍からきれいに忘れてしまう。

私は時々話の腰を折って、今言った諺をもう一度言ってくれないかと頼んだ。内田さんも自分のしゃべったことをすぐに忘れてしまうらしく、その都度、どれだったかな、と首をかしげながら色々と言ってくれるのだが、その中のどれ一つとして今し方言ったものがない。

違うなあ、と言う度に、内田さんはいくらでも諺の如きものを吐き出した。内田さん自身、止めどなく口をついて出てくる諺の類に呆れている様子で、仕舞に自分でも収拾がつかなくなり、困ったような顔をした。そんなことを何度か繰り返すうちに、私はとうとう折角のその目論見を諦めた。

ところがそのうちに、粗い網の目から漏れるように抜け落ちていく内田さんの言葉の中で、どうした弾みか一つだけ頭の隅にひっかかったものがある。私は逃さぬように用心しながらそれを手繰り寄せ、反芻《はんすう》した。

内田さんは確かに「満月の夜、胡桃《くるみ》の木に驢馬《ろば》をつなぐと幸せがやってくるとよく言われるが……」と言った。ついでにそれを聞いたときの軽い違和感もよみがえってきた。

この表現はそれ自体ピンとこなかった。そればかりか、話の脈絡の中にきちんと収まるというより、むしろ蛇足のように思われ、例外的に感心しなかったのである。しかしこの言葉は蜘蛛の巣に掛かった虫さながらに頭の中で暴れ出し、否応なく私の注意を惹きつけた。そしてそれが次第に何か重要な意味を持っているような気がしはじめ、内田さんの話にも上の空になった。

話が一段落したところで、内田さんは空のグラスを満たすため、家に入った。得体の知れぬ強い衝動に駆られて私は庭に下りた。植込みの間を通り抜け、庭の隅に茂っている一むらの椿の陰にまわると生垣に小さな枝折戸がついていた。私は掛金を外してそっと庭を抜け出し、内田さんが言った言葉を念仏のように繰り返し呟きながら、小暗い木立の中へ入って行った。

青白い月明かりの中に大きな藁屋根が黒々とのしかかるように浮かんでいる。私は木陰に潜んでその農家を窺っていた。家の中は燈も消え、すでに寝静まっている。

私の身なりは乞食同然で、髪も髭も伸び放題に伸びていた。そしてひどく年をとったような気がした。それにしても、驢馬という結構名の通った下らない動物が世間には何故こうも少ないのであろう。それに胡桃の木もそうざらには生えていない。

お誂え向きの場所で驢馬を探し当てるのに費やした時間と苦労の漠然とした記憶が体の隅々にも頭の中にも重く澱んでいる。そしてそのまた底の方に溝泥《どぶどろ》のように沈んでいる朦朧とした過去の出来事が、ともすれば表面に浮かび上がろうとする。その気配を感じるだけで、居ても立ってもいられない気分になるのだから、もし澱みを掻き回したら、それこそ闇雲に駆け出して気違い笑いをしなくてはならないだろう。

不安定な重しを引き摺りながらも、私の心は逸っていた。母屋から少し離れた小屋の中に驢馬がいる。そして今夜は満を持して待っていた満月なのだ。

大分夜も更けたので、私は小屋に忍び寄り、そっと戸を開けた。ひどい臭いが鼻を突いた。土を掻く乾いた音がして、柵の向こうに兎馬の小さな影がぼんやり浮かんだ。長い耳をしきりに動かしている。

騒ぎ立てられると面倒なので、ポケットに一杯詰め込んで置いた角砂糖を一掴み取り出し、伸びてきた驢馬の鼻先へもっていった。驢馬がそれを食べている隙に、柵を開け、壁に掛かっていた轡《くつわ》と手綱を外して手早く取り付けた。角砂糖を絶やさぬように気をつけながら驢馬をあやしあやし外に連れ出した。

しばらくの間、感づかれはしないかと気が気でなかったが、農家を離れてしまえば、もう人家はない。湖底のように薄青く静まり返ったキャベツ畑の中に、山に至る道がゆるやかな弧を描いて白々と浮き出ている。そこかしこに散在する木立は、月光を浴びたところは鈍い銀色に輝き、光が当たらないところは影絵のように沈んで見える。

もう大丈夫だと思ったら、張りつめていた気持がゆるんで至極愉快になり、自然に踊るような足取りになった。それに合わせて傍で薄い影法師がひょこひょこ揺れた。驢馬は老いぼれて元気がなくなっているのか騒ぎもせず、時々与える角砂糖に気を取られているのか道草も食わず、規則正しい足音をたてて大人しくついて来る。

行くほどに山が間近に迫って登り道にかかった。やがて微かな水音が聞こえてきた。山裾をめぐって谷川が流れている。渓流に沿った対岸のなだらかな斜面一帯が胡桃林である。

土橋を渡り、少し行ってから、万一を考え、道を外れて林の中へ入った。暗い林の中をそろそろ進んで行くと、ほどなくちょっとした林間の空地に出た。皓々たる月の光に照らし出された空地の向こう側の縁にひときわ大きな木が一本そそり立っている。

一気に空地を横切り、震える手で驢馬をその木につないだ。

とうとう満月の夜、胡桃の木に驢馬をつないだ。脇に立って見ていたが、別に何事も起こらない。またつないだからと言って即座に何かが起こるとは限らない。

考えてみると、この行為は霊験あらたかな神様にお賽銭を上げて幸せを祈るのといささか似ている。ただその霊験は寸毫《すんごう》の疑いもさしはさむ余地のないほど確実なものに思われるものの、それがいつの日に実現するのか皆目判らない。

とは言っても、苦心惨憺してやっと胡桃の木に驢馬をつないだのに、そのまますぐにその場を立ち去るのは心残りがした。それに何か途轍もないことが起こりそうな気もする。取りあえずしばらく様子を見ることにし、傍にいるのも何となく薄気味悪いので、一先ず後戻りして、空地を隔てて大木と向かい合う木の根元に腰を下ろした。

座り込んだら一時に疲れが出たのか、急に目の前が霞んだようになった。束の間、居眠りをしたかも知れない。はっと気がついて懸命に目を大きく見開くと、またあたりの様子がはっきりしてきた。

正面に見える大木の蔭の暗がりに、葉むらを貫いて色々な太さの青白い月の光が幾筋も降り注いでいる。その間を縫ってぼんやりした小さな影が幾つかうごめいているらしい。

はてなと思う間に、それらの影は斜めに射し込む月の光にするするとよじ登った。そしてすべり台のようにすべり降りたり、隣の光にとび移ったり、ぶら下がったりしている。あまり太い光は固まっていないらしい。そこは自由に通り抜けている。

太い光の中にちらちら見える顔つきは目鼻立ちが馬鹿に大きく、邪鬼に似ていた。大きさは二、三歳の子供くらいで五、六匹はいるようである。これがスダマというものかも知れないと思った途端、急に恐ろしくなり、身動きができなくなった。私は瞬き一つせず、息を殺して小鬼のすることをじっと見つめた。

無邪気に遊んでいるように見えたのは、実は適当な光を選んでいたらしい。小鬼は槌で光を軽く叩き始めた。コーン、コーン、カン、カンという冴えた音が胡桃林に谺した。光の太さや叩く場所によって音色が変化する。

そのうち小鬼は力を込めて槌を打ち下ろした。光はパリン、ポキンと小気味よい音をたてて折れた。折れた先に光は流れないらしく、宙でポッキリ折れたままになっている。小鬼はめいめい自分の背丈ほどに折り取った光の棒を抱えて大木の根元に集まった。時を移さず、コリコリ、カリカリという音が木の下から一斉に湧き上がり、銀色に光る棒が見る見る小さくなって行った。光が消えると同時に、小鬼の姿は掻き消すように見えなくなった。

　金縛りの術を解かれたように、ようやく体が動くようになった。私は空地の縁の木の下蔭を伝ってこっそり大木に近づいた。大木の下では驢馬が呆気に取られたような顔をして小鬼の消えたあたりをポカンと眺めている。

　手近な鉛筆ほどの太さの光に触ってみた。それは金属のようにひんやりして固かった。私は手つかずの細いのや宙で折れたままになっている光にぶつからないように用心して驢馬の尻の方に回った。そこにやや黄色味を帯びた物干竿ほどの光が差し込んでいる。その光を前にして考えた。見てはならぬものを見てしまったのではないだろうか。即刻立ち去る方が無難であろう。どうしようかとしばらく迷った。

　しかし好奇心は抑え難かった。小鬼の槌は見当たらないので、靴を脱ぎ、踵で頭上のあたりの光の一点に思い切り一撃をくれた。光はポキンと音をたてて折れた。それは一見プラチナの棒に似ていたが、拍子抜けするほど軽かった。

　光の先端を試しにかじってみた。カリカリと派手な音がする割に案外簡単にかじれる。つららのように冷たいだけで、これという味はない。しかしすぐに非常によい心持になってきた。それは酒の酔いとは異なり、陶然とした酔い心地の中に、澄み渡った秋の空気のどこか悲しみをはらんだ冴え冴えとした爽快さを秘めていた。小鬼の行方が気になり始め、一方では用心せねばと思いつつも、知らず知らず、かじる速度が早くなった。

脳裡に様々な情景が曼荼羅のようになって次から次へと目まぐるしく浮かんできた。それらは私の記憶にまったくないばかりか、時代も場所も定かでなく、遠い昔の異国の街中らしいものさえあった。しかしそれらはすべて妙に懐かしく、私が過去に見た情景であるように思われた。

間もなく陶酔はめまいに変わった。最後の一かけらを口に入れたとき、振り返ってこちらを見詰めている驢馬の長い顔が、一瞬、目に映った。それから私は空中へ、どこへとも知れず無限に拡散していくのを感じた。

虎杖

仄かに甘酸っぱい青々とした匂い、不揃いな淡い紅の斑点や筋をところどころ滲んだように散らして静まり返っている薄緑色の靄、水面に戯れる陽光を思わせるリズミカルな絶え間のない微かな響き、そんなものがあたり一面に立ちこめているようである。時折、音が遠のいたり、色がかすんだり、匂いが薄れたりする。そしていつの間にか何もかもが同時にぼやけ、一時ふっと消え失せる。

しかしすぐにさやさやと聞き慣れた音がして体が心地よくしなしな揺れ動き、すべてがよみがえってくる。ただ揺れた拍子に、それらのすべてが滅茶苦茶に掻きまわされ、分かち難く溶け合い、その渾沌とした雰囲気が一層濃密に立ちこめ、それからまた次第に音や色や匂いの境目ができて元に戻っていく。

不意に軽い地響きが伝わってきた。

「うわぁ、すごい、スカンポだ。スカンポの林」

「イタドリだよ」

「違わいス・カ・ン・ポ」

「本当はイタドリというんだ」

やや年嵩らしい子が兄さん振ったつくり声で言った。

「食べられるね」

「釣竿を持っててやるから皮をむいて食べてごらん」

「やあ、でっかいのがある。背伸びしても届かないや」

「あっ、折っちゃ駄目だ」


突然体がぐらりと揺れ、目の前が萌黄色に変わり、薄紅の斑点や筋が燈を点して、ぼんやり見開いたままの目を射た。二、三度揺り返しの大波がきて、それが徐々に収まると、とろけるように快い揺れが果てしなく続き、いつしかまた匂いも色も音もない深いところへ引き込まれるように沈み始めた。

遠いところから微かな話声が追いかけてきた。

「これはどうしていけないの」
「こんな大きなイタドリの中にはね、小さな小さな緑色の蛇が眠っているんだよ」

菊坂

出勤の途次、私は大通りの人混みの中を歩いていた。淀んでは流れて行く果てしない車の列から苛立たしげな警笛が絶え間なく湧き上がり、歩道を忙しく往き交う人は歯を食いしばり、目を血走らせている。

誰もが近くの工事現場から響いてくるリベットを打つ音に急き立てられているようであった。私はさして急ぐ必要はなかったが、うかつに歩調をゆるめたり、立ち止まったりすれば、間違いなく突き飛ばされそうな気がしたので、足取りは少々忙しくとも、安んじて人の流れに身を任せていた。

やがて右手に大通りから枝分かれする道が見えた。通い慣れた道筋なのに、私はそんなところに枝道があるとは露知らなかった。一台の大型トラックがその道の車道を完全に塞ぐ形で止めてある。いぶかしく思いながら曲がり角まで来て、右手の道を覗き込んだ。

そこには思いもよらぬ不思議な光景が広がっていた。およそ三、四十メートル先から向こうの車道一面に朝日を受けて色とりどりの花が咲き乱れている。思わず立ち停まりかけて慌てて右へ折れた。

驚いたことに、大通りを行き来するかなりの人が花に気づいて、一瞬、オヤという顔をするにもかかわらず、足を停めようともせず行き過ぎてしまう。ただ気づいた人はトラックの傍を通り抜けてから、もう一度花の方を見るらしい。曲がり角のあたりで人の流れが幾分滞り、時々小さな乱れさえ起きている。しかし大通りを逸れて来る人は見当たらない。私も悠長に道草を食っている暇はなかったが、そのまま見過ごす気にはなれず、ともかく花のところまで行ってみようと思った。

その道はゆるやかな登り坂になっていた。近づくにつれ、先ほど車道に咲き乱れているように見えたのは東京中から残らず掻き集めてきたかと思われるほどおびただしい菊の鉢であることが判った。それらは大急ぎで滅茶苦茶に置かれたと見えて、菊の種類や色合いや大きさに何の統一もなく、道いっぱいに押し合いへし合い雑然と広がっている。凸円波打つ雑多な色のとりとめのないつぎはぎを見ているうちに段々目がチカチカして落ち着かない気分になってきた。

　坂道の両側には時代色を帯びた一見して老舗と判る商家が軒を連ねていた。狭い石畳の歩道を往来する人はみな互いを見知っている様子であった。商家の隠居と覚しき二人の老人が親しげに挨拶を交わし、時々菊の方に目を向けながら心配顔で立話を始めた。その傍を軽く会釈して人々が通り抜けていく。見ていると擦れ違うとき、誰もが互いにちらっと意味ありげに目配せを交わしているようである。何だか場違いなところに紛れ込んだような気がしはじめた。

　そのうち私は道行く人に共通するある種の奇妙な雰囲気を感じ取った。誰もが妙に生真面目な沈んだ顔をしている。何故かは知らぬが人々の心の中に悲しみが澱み、憤りが燻り続け、それらが諦めと混じり合って自ずからその顔には鈍痛に耐えるが如き表情が現れているように思われた。

　この坂道の住人は何か自分の大切なものを失い、それを悼んで喪に服しているのかも知れない。いつしか私もその雰囲気に染まり、後悔にも似た物悲しい気分になった。

　更に行くと道は左へ大きく曲がり、その彎曲したところが急勾配になっていた。丁度傾斜が険しくなり始めるあたりで、十人ほどの作業衣を着た人が車道に入って菊の鉢を並べ変えている。その人達の顔にも沈痛な表情が浮かんでいたが、同時に矜持の色も読み取れた。

そこを境にして菊の様子がガラリと変わっていた。それまで無秩序に並べられ、いたずらに華やかな色彩を散乱させていたおびただしい菊の鉢が、今やはっきりした意図のもとに、まとまった一つの景観をつくり出している。

白と黄の小菊の懸崖が湾曲した急勾配を滝津瀬となって流れ落ち、ところどころ斜めに向きを変えて配した同じく懸崖の薄い赤紫や金茶や深紅が立ちのぼる虹の如くに彩りを添え、作業を終えたばかりの手近なところでは、黄や白のすらりとした小振りの菊が散るしぶきさながらに繊細な管状の花びらをまだ微かに震わせている。その光景を仰ぐようにして急坂を登って行くと、大きくうねった菊の流れがまるで頭上から落ち掛かってくるようであった。

曲がり切ったところから、道は再びゆるやかな勾配に戻り、菊も小菊の懸崖から大輪に変わった。ふっくらした手鞠、触手をいっぱいに広げた磯巾着、沢山の管がまくれあがって丸まった玉、薄手の柔らかな皿、その他種々様々な形をしたびっくりするほど大きな花が次々に現われた。それらの白、桃色、黄、金色、薄紫、赤などの色彩が見事な調和を見せて、あるいは渦巻き、あるいは溶け合い、明るい日差しを浴びて燦然と輝きながらゆったりと流れてくる。私は菊の香と色彩に陶然となり、何もかも忘れてひたすらいつ果てるとも知れぬ絢爛たる色の流れをさかのぼって行った。

やがて花の色が次第に薄れてきた。今や流れはほんのりした赤紫の中に金、あるいは純白の中に朱金を僅かに垣間見せ、漠糊として目の前にたゆたうている。残照を背に受けた雲の如く、淡白なうわべの中に豪奢な色を秘めた花の淀みは水源が間近いことを感じさせた。

ゆるやかな坂を登り詰めたところで菊の流れはふっつり跡切れた。その先は剝き出しの車道が無表情な路面をさらしている。私は当惑して立ち停まった。

酔い心地はたちまち消え失せ、酔い醒めにも似た虚しさが込み上げてきた。引き返すにはもう遅すぎる。日が翳り、肌寒さを感じた。突然足もとが妙な色に変わった。私はうろたえてあたりを見た。

いつの間にか周囲の光景が一変していた。私は夕闇の立ちこめる小高い丘の上にぽつねんと立っていた。見渡す限り荒れ果てた畑地が茫々と広がり、末枯《うらが》れた雑草の中におびただしい菊が立ち枯れている。老残の身を羞じらうようにうなだれている花に混じって、色香の褪せたしみだらけの顔にまだ媚を浮かべて首をもたげている花も見える。

雑草に覆われ、すでに消えかかってはいるが、畑の間に一筋の細い道の跡らしきものがある。私はどこへ行くとも知れぬその道の跡を辿り始めた。背後から一陣の冷たい風が吹き抜けた。背丈ほどもある菊の骸《むくろ》がガサガサ音をたてて一斉に揺れ動き、招くが如く私の行く手へ打ち寄せて行った。

コブラ

港の傍の埋立地にコブラが出没するという噂を聞いた。話半分としても、かなり大物らしい。殺されたり捕まったりせぬうちに、荒れ狂う禍々《まが》しい姿を近くでとくと眺めたい。

頭に紙袋をかぶせられたような、蜘蛛の巣に引っ掛かったような、生殺しにされているような、この欝陶しい気分が束の間なりとすっきりするだろう。恐ろしいことは恐ろしいが、この際そんなことを言ってはいられない。向かって来たら逃げ出すまでだ。勤務を終え、念のため仕事場から鉄パイプを一本掠め取り、物言いたげな守衛を一睨みして埋立地へ出掛けた。

工場地帯を抜けると、トラックばかりが往来するいやに立派な道路に出た。その向こうは草茫々の荒地である。夕空高く不景気な声で鳴きながら海鳥が飛んでいた。その光景を見て、はたと当惑した。別段道もなければ、目印がある訳でもない。コブラはこの広大な荒地のどこに潜んでいるのだろう。

人通りのない歩道をおでんの屋台がやって来た。堪らなくよい匂いが漂ってくる。思わず声をかけた。初老の親爺が無愛想に頷いた。先ず冷やで一杯頼み、おでんは適当に見つくろってもらった。この親爺なら何か知っているに違いない。

「このあたりにコブラが出るっていうのは本当かい」

「ついこの間までは、今時分になると涼みがてら結構人出があってね、このあたりでも商売になるほどだったんだが、こう涼しくなっちゃ駄目だな」

「それで、コブラは見つかったの」

「大騒ぎして探してたなぁ。夜はかがり火なんか焚いてね。あの頃はよく売れたな」

「本当にいるんだろうか」

「さあね、南方から来る材木に混じっているという話だから、満更嘘とも思えないが」

「出たというのはどの辺りだろう」

「もう少し先じゃないかな、人が集まってたから」

親爺はそう言いながら関心なさそうに顎をしゃくった。無感動なたちと見える。おでんの鍋の中をちらと見て吐き気を催した。隅の方にイボイボだらけの赤黒いものがそっくり返っている。到底人間が口にするものとは思えない醜悪な代物だ。急いで残った酒を飲み下だし、屋台を離れた。

いつの間にか日はとっぷり暮れ、埋立地の上にたらいほどある橙色の月が出ていた。親爺の言ったもう少し先がどのくらい先なのかさっぱり判らない。街燈がつくり出す青白い光のトンネルをトラックが轟音をたててひっきりなしに往来している。これでは永久に向こう側に渡れないのではないかと思った。そのうちようやく道路にかなりの隙間ができた。

何の気なしに道を渡り始めて道幅の広さに愕然とした。これでは計算が合わない。トラックの目玉がずらりと並んで迫って来る。目が眩んだ。とても間に合いそうにない。目をつぶって遮二無二突っ走ったら、どこでどう間違ったのか無事に歩道の端に立っていた。心臓がはじけそうに動悸を打っている。無性に腹が立ち、トラックの列に向かって大声で悪態をついた。

目の前の埋立地が広々とした原っぱのように見えた。よく見れば広範囲にわたって雑草が刈り取られている。ここが問題の場所らしい。中に入って真直ぐに海の方へ突き進んだ。

どこかで山羊の鳴き声が聞こえた。その声を頼りにしばらく歩いていくと、雑草の壁に首を突っ込んで仔山羊が鳴いていた。山羊の首から長い綱が伸び、その先端は見通しのよいところに打ち込まれた寸詰まりの太い杭に結わえてある。コブラが出たときの生け贄であろう。

コブラへの手頃な土産ができた。杭の結び目をほどいて綱を引っ張ったが、山羊は意地張って言うことを聞かない。近づくと可愛らしい角を振り立てて頭突きをかましてくる。鉄パイプで尻をひっぱたいたら、仔山羊はびっくりして雑草の中へ飛び込み、先に立って走り出した。

小さな起伏のある荒涼とした荒地が果てもなく続いた。そこかしこに瓦礫の露出したところはあるものの、丈の高い雑草がはびこり、中には帰化植物と思われる見たこともない巨大な草も混じり、海へ吹き抜けて行く微風にゆらいでいる。

どこまで行っても、どっちを向いても似たような風景ばかりで、同じ場所を何度も通っているような気がした。近くにコブラがいれば、どこに潜んでいても、第六感によって察知できるという確信があった。しかしこう広くてはその勘も働きようがない。

途方に暮れ、諦めかけたとき、前方に大きな浅い窪地が現れた。途端に総身がそそけ立った。コブラがいるのだ。雑草の少ないところを選んで注意深く降りて行った。降りるにつれて風がなくなり、むっとする湿った生暖かい空気に包まれた。

底は平らで広々していた。仔山羊が脅えてうずくまった。綱を放さず、できるだけ仔山羊から離れ、片手に鉄パイプを握り締め、息を殺して待ち構えた。

不意にあたりは漆黒の闇に閉ざされた。艶やかな闇の中に仔山羊だけがふわふわした真白な綿の塊のように浮き出ている。仔山羊の向こう側の暗闇が一瞬ゆらめき、突如巨大な鎌首が見上げるような高さにそそり立った。

コブラは自ら微光を発しているかのように闇の中で鈍い光を放っている。真直ぐに伸び上がった白っぽい腹の両側から背にかけて茶色に緑のかかった、濡れたような鱗が見える。見る見る首がふくらんだ。口から吹き出す火炎がしきりに闇をなめた。強靭な筋肉の柱がゆるやかに揺れた。その姿は毒あるものに特有のおぞましい美しさと猛々しい威厳に満ちていた。

コブラの体に殺気が漲り、しなやかに揺れ動いていた筋肉が反り返って一瞬静止した。鎌首が宙を飛んだ。あまりのすさまじさに、思わず力一杯綱を引き、とびのいた。急激に引っ張られた仔山羊はばね仕掛けのように跳ね上がり、後方に転がった。

コブラの口は僅かに空を切った。毒液がきらめきながら虚しく空中へ飛び散った。激しい勢いで地面に落ちた体が大きく撓い、獲物を巻きにかかった。綱を放り出すと仔山羊はむっくり起き上がり、巻きついてきたコブラの体をするりと擦り抜け、一跳びしてふいと消えてしまった。

闇の中に浮き出たコブラの長い体が結び損ねたゆるい輪をずるずる見苦しく動かして未練がましくいつまでものたくっている。もはや先ほどの毒気に満ちた美しさや怒気をはらんだ威厳は一かけらもない。日向に投げ出された蚯蚓《みみず》のような醜態は見たくもない。情け無い奴だ。獲物ならここにまだ残っているではないか。コブラに近づき、鉄パイプを力一杯投げにつけた。するとコブラも忽然と闇に溶けてしまった。

周囲は真暗闇になった。しんとして葉擦れの音すら聞こえない。胸の奥の深い深いところから、悲しみとも寂しさとも怒りともつかない感情が静かに湧き上がってきた。全身の力が抜けて行き、崩れ落ちるように地に伏した。何故こんなところにいるのだろう。何をしているのだろう。何も判らなかった。大声で叫んだ。声も出ない。ふと近くで何か生暖かいものがうごめくのを感じた。激しい飢餓を覚えると同時に全身が引き締まり、どうしたことか、上体が宙へ向かってするすると伸び上がった。

幼馴染み

青田の中の一本道が川岸の土手に寄り添ったところで足をとめた。誰か傍にいる気配がする。周囲を見まわしたが、誰もいない。道の左手には見渡すかぎり田圃が広がり、対岸は山裾のごくなだらかな斜面で、そこは一面の畑地である。

土手はさして高くないけれど、芒《すすき》が生い茂っているので、その向こう側は見えない。しかしそこには幅五、六メートルほどの川が満々と水をたたえて流れるともなく流れているのは見なくても分かっている。以前にも、ここでこうして立ち止まり、首をひねったことがあったようだ、と思いながら歩き出した。

やはり近くに誰かいるような気がする。不意に微かな水音が聞こえた。念のため、芒を掻き分けて土手に登り、川の方を覗き込んだ。誰もいない。

両岸を埋め尽くした芒や雑草、それに小さな灌木が勢い余って水面に覆いかぶさり、岸辺の流れを隠している。別に変わったところはない。川底に密生した水草が豊かな水流に身をなぶらせてゆったりとなびき、流れを深い緑色に染め上げている。

少し下流の土手の中程から猫柳の枝が水面すれすれに大きく張り出し、その枝の先あたりから広がったと思われる波紋がゆるやかに消えて行くところであった。多分、鯉が跳ねたのであろう。

道に降り、足場と竿を思い浮かべた。あそこを釣るにはどこから竿を出すのがいいか、などと考えながらまた歩きだした。

大きな野鯉がかかったときの手応えを想像しながら、まだ思案している最中に、今度は、後方で、バシャバシャ大きな音がした。川の中に何かいるらしい。土手に駆け上がって下流を見た。

川面に伸びた猫柳の枝先近くの水面がにわかに泡立ち、そこからゆっくりと流れ藻のようなものが浮かび上がって、その下から白い顔が現れた。髪の毛を勢いよく一振りして頭や顔から滴り落ちる雫を振り払ってから、ぬれた見知らぬ女の顔がこちらを見て照れたように笑った。

一瞬身の毛がよだちかけて、何故か、途中で自然に収まっていった。薄気味悪いが、遠目ながら美しい顔立ちである。しかし無邪気に笑い返す訳にもいかない。憮然として、しばらく虚仮《こけ》のように突っ立っていた。

緑色の水面に浮かんだ顔はうっすら曖昧な笑みをたたえ、やわらかく滲み入るような眼差しでこちらを見詰めたまま微動もしない。次第に息苦しくなってきた。たぶらかされているような気がした。執拗にまつわりつく視線をようやく振り切り、一気に土手から飛び降りた。

ところが、道を歩き始めると、土手の向こうの動きが何となく伝わってくる。一定の間隔を置いて、ついてくるようである。こちらが立ち止まれば、向こうの動きも止まり、歩き出せば、動き出す。

何度か土手に登って確かめた。その都度、思った通りのところに悪戯っぽい笑顔が待ち受けている。試しに手で追い払う仕種をしたら、川の中の顔は頭を振った。土手を降り、わざと素知らぬふりをして、しばらく足早に歩いてみた。すると焦れ出す気配がして、そのうち水面を叩く音が響いてきた。

もう一度土手に登って女の顔をまじまじと眺めた。彼女が何者なのか、また川の中で何をしているのか、皆目見当がつかない。しかしだんだんその顔がいとおしくて堪らなくなってきた。もう土手を降りる気にはならない。芒の中を難儀しながら、振り返り振り返りゆっくり進んだ。

岸辺の流れを覆い隠す芒や灌木のへりを見え隠れに溢れんばかりの笑顔が波一つ立てず緩急自在に泳いでくる。安心してちょっと目を離した隙に、その顔がどこかへ消えてしまった。今度はこちらがあわてて探し始めると、灌木の陰から、さもおかしくてたまらない、という顔が現れた。もうちょっと近づきたい、と思って少し引き返した。するとその顔もその分だけ川下へ退いた。そこには保たなければならない一定の距離があるようであった。

やがて水面をすべるように進んでいた女の顔がぴたりと静止した。その顔から笑みが消え、寂しげな表情が浮かんだ。上流に木橋と集落が見えた。

女は突然細い小さな声で一声叫ぶや、長い髪を振り広げて躍り上がるように身をひるがえし、一筋の白い帯となって中流に出たと見る間に、ゆらめく仄白さをたちまち水の緑に溶かして見る見る遠ざかった。そして少しずつ左へ左へ曲がりながら、やがて大きく湾曲する川の流れと共に流れくだり、もはや黒い豆粒と化した顔を一瞬こちらに振り向けて視界から消えた。


月の光が土手沿いの道を明るく照らしている。その道を、なぜか、寝間着の筈の浴衣を着たまま歩いていた。手に庭下駄をぶら下げている。あわてて下駄をはいた。こっそり家を抜け出してきたらしい。ときどき生暖かい風が吹き抜けるたびに、何か面倒なことを思い出しそうになるが、それを打ち消すように、別れ際の女のかすかな一声が耳の奥で谺した。

土手に沿うていた道が土手を離れて青田の中の一本道へ入った。川はその先で大きく左へ湾曲し、しばらくして今度はゆるやかに右へ折り返す。川は大きなくの字を描いて下から上へ流れ下り、はるか下《しも》でコンクリートの橋をくぐって今度は一本道の右側へと流れを変える。

川が右へ折り返すあたりで、対岸から谷川が合流し、川幅が合流点から数十メートルにわたって大きくふくらむ。合流点の手前で、土手の向こう側がそこだけ川へ突き出ている。その突き出た部分の上流側には幾つもの大きな岩が自然の護岸となって流れを受け止め、下流側は自然石をきっちり積んで固めてある。その中央部には丈の短い雑草が生え、先端には柳の木が枝をたれていた。

その小さな岬のようなところは、子供のころ、仲間内で島と呼ばれていた。彼女は、確か、島と叫んだ。明瞭には聞こえなかったけれど、その声音を耳にした瞬間、島という言葉が頭の奥深いところに光芒を発して閃いた。聞き間違える筈がない。

一本道をしばらく行くと用水路にかかる小橋に出る。その手前で田圃へ下りた。島へ行くのは何十年ぶりであろうか。とっさには分からないが、最後に行ったのははるかな遠い昔のように思われる。水路沿いの細い道を、蛙や蛇を驚かせながら一散に川へ向かって駆け出した。

水門脇の足場のよいところで土手を越えた。島の下流側にある取水口付近には川底まで石段がつけてある。少し上手に当たる対岸の低い崖の上から山桜の老樹が枝を伸ばしている。花の散る頃には、風に吹かれておびただしい花びらが舞い上がり、川面に降りしきった。そしてそれらが石段の下に流れ寄り、水面を覆い尽くしてゆるやかに波打った。

雑草を踏みしだいて島の先端へ出た。子供のころとあまり変わっていない。こればかりは大分大きくなったように見える柳の木が長々と枝をたらして鈍く光る夜の川面を飽きもせず撫でている。

柳の根方に腰を下ろし、水面を隈なく見渡した。女が現れないのではないか、と疑う気持は微塵もなかった。約束の言葉を聞いたときから、ここに来さえすれば、会えるのは当然のように思われた。

待つほどもなく、正面の暗い水の中からぽっかり女の顔が浮かび上がった。予期に反して、目鼻立ちのくっきりした顔にひとかけらの笑みもなく、その表情は硬くこわばっている。子供のころから知っている顔を素早く思い浮かべた。久しく見ていない顔も結構あるにはある。けれど、どう考えても、思い当たるものがない。これは一体だれだろう。

釈然としないまま腰を上げた。柳の根方を離れ、足もとに気を配りながら石段を下りた。そして音もなく泳いできた女に手を差しのべ、手を取って引き寄せた。

水の中ではほとんど重量を感じさせない彼女の体が水を離れた途端ずしりと重くなり、危うく水の中へ引き込まれそうになった。まつわりつく薄物の着物を脱ぎ捨てるように、彼女はおびただしい白銀の飛沫を上げて汀の石段の上に立った。月の光を浴びた彼女の体がきらめく水滴をはじいて白々と輝いた。

彼女の手を引いて石段を登った。しかしその足どりは水中の滑らかな動きと打って変わって、ひどくぎこちない。一足ごとによろめいて乳房をはずませ、石段を登り切ったところで、とうとうおぶさるように倒れてきた。その感触は到底血が通っているとは思えないほど冷たかった。

あわてて浴衣を脱いで雑草の上に敷き、彼女の体を横たえた。思いも寄らない成り行きに動転していた。ともかく冷えきった体を温めなければならない。傍に寄り添い、しっかり抱きしめた。濡れた体はつららのように硬く冷え切っていた。しかし吐く息は熱い。激しい心臓の鼓動が密着した皮膚に伝わってくる。

「思い出した」と彼女が気遣わしげな弱々しい声で尋ねた。まだ濡れている顔を間近に見た。どちらかと言えば丸顔で、冷たく整っているというより、愛嬌のある顔立ちに見える。幼馴染みなら分かる筈であるが、その顔にはまったく見覚えがなかった。

彼女の体が温まるにつれ、密着した二つの体は次第に彼我の区別がなくなり、いつしか熱を帯びて溶け合っていった。

突然、彼女の体が硬直し、息苦しそうなうめきが聞こえた。熱に浮かされたような、生気の失せた顔になっている。驚いて身を引きはがした。その瞬間、彼女の体がするりと横滑りし、とっさに伸ばした手の先に滑らかな肌触りを残して、下流側の石積みから暗い川へ滑り落ちた。

一旦水の中に沈んだ彼女は、島の先端の揺れ動く柳の枝の向こう側へ浮上した。乱れ波打つ水面に生気を取り戻して艶々した顔が浮かび出た。

「まだ思い出せないの」とその顔が焦れたような声で言った。その顔をじっと見詰めた。いくら考えても、心当たりがない。仕方なく頭を振った。瞬きもせずこちらを見上げていた顔がたちまち曇った。そして次の瞬間、その輪郭が崩れ出し、白くぼやけて縮んでいき、そのもやもやの中から、あどけない小さな顔が現れて、はにかむように微笑んだ。

脳裡にぼんやりと島の情景が浮かんできた。柳の新緑がけぶっていた。幼い二人の子供が柳の木の下に並んで腰を下ろし、桜の花びらが舞い落ちるまばゆい川面を眺めている。二人は時折顔を見合わせては微笑みを交わし、視線を川の方へ戻すたびに、どちらからともなく互いに身を寄せ合った。その温もりが夢のように心地よかった。楽しかった。

傍にいたのはどこの、何という名の子だったのだろう。川下の集落の娘だったのか、それとも寺に疎開していた家の子だったのだろうか。しかしあの子はあれからしばらくして、確か、梅雨末期の大雨で増水した川に流れてしまった。

川の中の幼顔が真剣な表情になり、「約束したわよね、忘れないで」と叫んで川面を流れ出し、滲んだように霞んで見る間に暗い水の中へ沈んでいった。

月明かりの女

朽ちかけた東屋の二つ割りにした丸太のベンチに腰掛けて月を観ていた。東屋は湖に少し突き出た崖の上にあった。満月とは言い難い何処となく歪《いびつ》な月が対岸の山の端を離れて湖面を白々と照らし、周囲の山々は墨絵のような濃淡を描いて、左右に細長く広がる湖をひっそり抱いていた。湖畔に燈火は見えなかった。時折、遠慮勝ちにあたりの静寂を乱す微かな葉擦れの音と共に、幾分肌寒い風が吹き過ぎて行った。

月の光が感情や精気を吸い取ってしまうらしく、しばらくすると繊細な感覚はすべて削ぎ落とされ、考えるのも、身動きするのもひどく億劫になった。心は次第に虚ろになり、体は半ば石に化したように思われた。

視野の左隅に、いつの間にか、浴衣掛けの女が佇んでいた。駒下駄をはいているのに、近づく足音も聞こえなかった。崖縁にめぐらしてある木の手摺りに沿うて、女はゆっくりと視野の中央へ出て来た。歩を運ぶたびに、宿屋に備えつけてあるような粗末な浴衣の瀧縞模様がちろちろゆらめき、滝が筋になって流れ落ちるようにも、また無数の小さな暗い炎が燃え立つようにも見えた。

女は端正な横顔を見せて立ち停まり、すらりとした姿を殊更際立たせるように少し反り身になった。それから、まるっきり表情のない顔をちらっとこちらに向けて、苛立たしげな低い声で言った。

「見たいんでしょう」

何かは知らぬが、ちょっと見たいような気もした。

女はくるりと背を向け、瞬く間に帯を解き、その一端を掴んで鋭く宙に打ち振った。角帯を断ち割ったような細い帯が釣竿のしなう音にも似た唸りを発して空を切り、指先を離れて生物さながらにくねりながら崖の向こうへ消えた。

肩から浴衣が流れ落ちた。女は手摺に両手をつき、軽く腰をくの字にひねった。盛り上がった尻の片割れが月の光を吸い取って、しっとりと青白く半月形に浮かび上がった。ぼんやりその半月を眺めていると、不意に無表情な女の顔が振り返って、怒ったような声で言った。

「抱きたいんでしょう。ちゃんと判っているんだから」

言われて見れば、微かにそんな気がしないでもなかった。

「本当に、仕様が無いわね」

如何にも仕方がないといった口調でそう言うと、女は背を向けたまま一瞬身を沈め、うしろ手で浴衣を肩にふわりと掛けたかと思ったら、もう袖に両腕を通して立っていた。それから襟や裾を掻き合わせて向き直り、しゃなりしゃなりと近づいて来て、私の左側に寄り沿うて腰を下ろした。耳もとで、いささかかすれ気味のねばっこい声が聞こえた。

「欲しいんでしょう、これも。隠さなくってもいいのよ」

何かは判らぬが、ちょっと欲しいような気もした。

いきなり冷たい腕がじわりと首にからみついて、私の顔は少々乱暴に女の胸元へ捩じ曲げられた。浴衣の襟がくつろげられ、目の前に量感のある青白い乳房がゆるぎ出た。弾力のある嫌にすべすべした乳房が頬を撫で、生ゴムと少しも変わらぬ味もそっけもない乳首が唇を塞いだ。

息苦しくて堪らず、もがこうとしたが、どうすることもできなかった。耳もとで含み笑いが聞こえ、巻きついていた腕が急にほどけた。体がかしいで女の太股のあたりについた手が柔らかく沈んだ。じらすような、諭すような声が聞こえた。

「まだよ、もうすぐだからね」

何やら淡い期待の如きものが胸の奥深くで、ほんの少し、うごめいたような気がした。

女は私を元の姿勢に押し戻し、相変わらずの無表情な顔で脇からこちらを覗き込み、くつろげていた胸元を更にはだけ、嘲笑うような、ざらざらした声で言った。

「これが欲しかったの、ほら、よく見てごらん」

たっぷりした乳房の下にもう一対、円錐形の小ぶりな乳房があって、その黒い乳首から白い液が滲み出ていた。下の乳房が盛り上がるあたりから下腹部にかけては更に起伏があり、暗くてはっきり見えなかったが、一面に鼠色の短い毛が密生しているようであった。

女は、浴衣の裾をひるがえして、ついと崖縁へ走り、下駄を脱ぎ捨て、手摺に片足を掛けて振り返った。そして一瞬真っ暗な口を開け、ぬめぬめした唇を歪めて声もなく笑うや、湖へ身を躍らせた。

いつまで経っても水音は聞こえなかった。しかし女の姿が消えた次の瞬間、気流に煽られて瀧縞模様の浴衣が崖の向こうにふわりと浮き上がり、両の袖を広げて白々と輝く遥かな湖面へゆっくり滑空して行った。湖面に近付くにつれて浴衣の形はもやもやと崩れ、それが見る見る広がって湖の上を白く覆い始めた。

あれしきのことに別段驚きはしないのに、どうして女はあんなに慌てて逃げ出したのだろう、とぼんやり考えているうちに、崖を這い上がって来た夜霧があたり一面に濛々と立ちこめ、すぐに何も見えなくなった。

合歓の花

いつとはなしに山裾のだらだら坂を登っていた。あたり一面に丈高い青芒《ススキ》が生い茂っている。日暮れにはまだ大分間がある。しかし山の端に覗く雨催いの雲が薄曇る山間の狭い空をたちまち鈍色《にびいろ》に染め替えてしまうかも知れない。気が急いて足を早めた。

右手の小溝を清冽な水が迸り、流れを縁取る十薬の白い十字が飛沫にぬれて微かに震えている。高く低く絶えず微妙に調子を変えながら軽やかに流れ去る水の音にまじって、下の谷から滝津瀬の音が鈍い轟きとなって響いてくる。小鳥の囀りも蝉の声も聞こえない。草いきれの中を黙々と歩いた。

やがて芒が尽きて道は雑木林に入った。薄暗い林の中には青葉朽葉のにおいが淡い樹脂の香を溶かして濃密に立ちこめている。勾配が険しくなるにつれて坂道が大きくくねり始めた。耳に馴染んだ水音もいつしか消えて、もはやくぐもった余韻の如きものが聞こえるともなく伝わってくるばかりである。そよりともしない。暗い岩陰に潜み、大樹の洞《うろ》にうごめくものの気配をはらんで、山全体が息を殺している。

七曲りに差し掛かった。急峻な山道が小刻みに折れ曲がって際限なく頭上へ伸びていく。息苦しい。防波堤の先端に立ち、潮風に長い髪をなぶらせながら輝く海を陶然と眺めている初々しい女の姿が浮かんできた。

息苦しさがふっと遠のいた。しかしそれと同時に段々あやふやな、あてどない心持になり、何か飛んでもない思い違いをしているのではないかという漠然とした不安が胸をかすめた。不安の理由を探ろうとする。その度ごとに息苦しさが更に募ってよみがえる。何も考えずに足を踏みしめて歩くしかない。喘ぎながら七曲りを越えた。峠は近い。

山を巻くような長い坂をようやく登り詰め、立ち停まって一息入れた。折り返しは割合なだらかな道がまっすぐに伸び、先の方でこんもり盛り上がって薄曇りの空へ消えている。峠に立てば海が見える。一刻も早く海が見たい。

不意に背後でガサガサ大きな音がした。びっくりして振り返った、曲がり角の少し奥まったあたりで樹木の枝が激しく揺れ動いているらしい。何が出たのかと茂みの中を覗き込み、恐る恐る分け入った。枝はまだそこかしこで揺れているが、枝蔭には何も見当たらない。

木々の間をあちこち透かして見た。すると四、五間先の一抱えもある大きな木の高枝に、思いがけず、お河童頭の女の子がちょこなんと座っている。学校に上がるか上がらないくらいかと思われる年頃である。目の前の木の枝を押し退けると、その隣に三つ四つの年嵩の女の子がもう一人座っていた。切れ長の目に三日月眉のよく似た顔立ちである。姉妹であろう。薄赤い波形模様を散らした揃いの浴衣が暗い緑の葉むらを背にぼんやり浮かんで見える。二人は太い枝に腰掛けて、うしろに張り出したもう一本の枝にもたれている。木の根元に大きさの違う紅緒の下駄が二足きちんと並べてあった。

束の間、鳴りをひそめていた木々の枝葉が再び音をたてて一斉に揺れ出した。二人の背後の更に高い茂みの中に、あちらに一つ、こちらに一つ、腕白坊主の真っ黒な顔が現われ、たちまち消えてはまたひょいと覗く。枝伝いに木から木へ移動していると見えて、思いもよらぬところに同じ顔が出没する。

立ち並ぶ幹の間を縫って、黒ずんだ緑色の空中を影絵のようなものが切れ切れに飛び交っている。かなりの人数のようにも思われるが、目まぐるしく動きまわっているので、何人いるのかさっぱり判らない。

女の子のすぐ傍に小にくらしい顔が一つ、アカンベをして消えたかと思うと、同じ顔が少し下に今度は逆さになって現われ、ペロリと舌を出した。その顔が一気に持ち上がって葉蔭に隠れる際に、一瞬鈍く光るものが目に留まった。それが何かすぐ判った。毬栗頭のうしろにある禿に違いない。言い知れぬ懐かしさを覚えた。再びあたりがひっそりした。

呆気に取られて余程間の抜けた顔をしていたのであろう。お転婆娘たちはこっちを見てにこにこ笑っている。ちっちゃい方が顔をくしゃくしゃにして、とうとう俯いてしまった。懸命に笑い声を押し殺しているらしい。肩を震わせ、揃えた脚を前後に揺すっている。ちまちました豆粒を並べたような足の裏が可愛らしい。つり込まれて微笑んだ。

姉の方はこちらに笑顔を向けたまま、たしなめるつもりなのか妹の脇腹を肘でしきりに小突いている。その周囲で今度は枝葉が誘うように音もなく揺れた。木に登って遊んでみようか。思わず一歩踏み出した拍子に、足もとでピシッと枯枝の折れる鋭い音がした。こんなところで遊んではいられない。間もなく日が暮れる。

木の上のお転婆娘たちに手を振って道へ戻りかけた。しかしやはりうしろが気になって振り返った。二人を真ん中にして上の方へ大まかな半円を描くように山猿共の利かん気な顔が五つ六つ、葉むらの間からじっとこちらを見送っている。二人の女の子の顔にはまだ微笑が消え残っているけれど、どの顔もこころなしか寂しそうである。心残りを振り切って道へ引き返した。峠まではもう一息である。最後の坂を大急ぎで登った。

峠に立って途方に暮れた。山の向こうはすっかり霞んでいる。眼下に打ち寄せる白波はない。小さな燈台も、人家の屋根も、畑すらも見えない。

暗い谷間から盛んに霧が立ちのぼり、近くの山肌のほかは、深い谷を隔てて幾筋か墨を刷いたような稜線が見えるだけである。その先一面に立ちこめているのは雲とも霧とも判じ難く、どこが空やら海やら見当がつかない。思っていたのとはまるで様子が違う。ここは一体どこだろう。

茫漠とした眺望の中に何か手掛りになるものはないかと稜線の彼方を見渡した。遠くに三角形の小さな染みがうっすら浮かんでいるような気がした。随分小さけれど、その形に思い当たるものがあった。

島影ではないだろうか。消え残った山の頂かも知れない。しかしあの形には確かに見覚えがある。あれは島影に違いない。だがあのちっぽけな染みがあの島だとすると、海はあまりに遠い。海辺に行き着くには霧に閉ざされた谷へ降り、また幾つも山を越えなければならない。遥かな険しい夜の山路を思った。

次第に空が暗くなり、谷間の黒い陰が山の斜面を少しずつ這い上がってきた。頼みの小さな三角形の染みも何時の間に消えてしまった。ほどなく峠も夕闇に閉ざされる。この道を辿って行けば、いずれは海辺に出られるのだろうか。防波堤の先端に立ち、潮風に吹きさらされて暮れ行く海を暗い目で見詰めている、くたびれた女の姿が浮かんできた。しめった風が吹き上がり、まわりの木の枝をひとしきり揺るがして峠を越え、葉擦れの音を伴ってうしろの谷へ下りて行った。

あの子供達はどうしただろう。山の子供は帰り時を知っている。もう帰ったに違いない。しかしまだ遊んでいたら……一緒に帰ろうか。また一陣の風が梢を鳴らして吹き過ぎた。坂の下で木の枝が揺れている。子供たちが待っているような気がした。

先ほどの曲がり角まで息を弾ませ駆け戻った。道端から大声で呼んでみた。木の葉のざわめきは止んで森の奥は静まり返っている。ひょっとすると隠れているのかも知れない。再び茂みの中へ踏み込んだ。すっかり暗くなっているが、見分けがつかないほどではない。

木々を透かして先刻二人の女の子がいたと覚しきあたりを窺った。木の間隠れに浴衣の裾がほんのり浮かんで見える。まだ遊んでいたのか。嬉しくなって、もう一度声を掛けた。返事がない。きっと互いに目配せを交わし、みんなで声をたてずに笑っているのであろう。足もとに気を配りながら一歩一歩その木に近付き、枝を見上げた。すでに眠りについた葉むらの蔭に、淡い紅を刷いた仄白い合歓《ねむ》の花がひっそり咲いていた。

櫻亭

ときどきどこかで話声がする。どことなくぎこちない遣り取りが始まったかと思うと、たちまち尻すぼまりになって消えてしまう。素っ気ない挨拶を交わしているようでもあるが、とぎれとぎれにしか聞こえないのは、ひょっとすると夢うつつに聞いているせいかもしれない。

そのうちに、あちらこちらでひそひそ話が始まった。聞き覚えのある声がまじっているような気がする。幾分頭がはっきりして、自然と聞き耳を立てた。一様に沈んだ、くぐもった声がない交ぜになっている。耳の中に薄い膜でもかかっているような具合で、声音《こわね》も言葉もはっきりしない。

もつれあってざわめきと化していた人声が一瞬ほぐれ、錆のある声がふと耳に入った。

「あれは法善寺横町に連れてったときじゃ、鱧《はも》の吸い物がえらく気に入りましてな」

黒塗りの大きな椀の中に真っ白な牡丹の花が浮き上がり、仄かな柚子の香が立ちのぼった。徳利の立ち並んだお膳の向こうに子供の頃からの友人の顔が二つ笑っている。

別の声が聞こえて来た。

「自慢の家庭料理を御馳走すると言うので二人して知り合いのその男の家にお呼ばれに行きまして、いいえ、鱧じゃなくて、鯛の潮汁ですがね。彼の椀に立派な目玉が片っ方入っていたんです。関西ではお客様に目玉を食べさせますから。彼は途方に暮れたような顔をして大きな目玉を剥いた顔の半ぺらをまじまじと見つめているのですよ。その睨めっこを見て、その男がほくほく顔で自分の椀と取り替えましてね。あっと言う間に目玉を口に入れて、ゼラチン状のぬるぬるしたところを音をたてて啜って」

目玉の芯の白い玉が春慶塗の椀の裏返しになったふたの上にころんと転がった。

聞き慣れたその声もそれっきりざわめきの中に溶け込んでしまった。何だか、しっくりしないところがある。密やかな、それでいて忙しいスリッパの音が行き来している。

「シーツと枕カバーと布団カバーの色が違っている寝床になんて気持ちが悪くて入れないとおっしゃるのよ。まちまちの色の中に平気で体をいれて、安眠できるなんて無神経だって。私、一瞬自分が無神経なのかなと思っちゃったわ」

「電灯を消さないのかしら。それだって目をつむれば何も見えないのにねえ。うちなんか、多分てんでんばらばらよ。あれ、私のは何色だっけ」

うつらうつらしながら、もっともな意見だと思って聞いているうちに、以前にそんなことを自分で言った微かな記憶が甦ってきた。何だかまちまちの色の中に身を入れているような気がして気色が悪い。

今度は別の方向から滑らかな声が浮かび出た。

「人当たりがよさそうで、そうとも言い切れないところがあるんだな。黙って聞いているから賛成してくれるのかと思うと反対だったり。小骨が多いと言うのでもないけれど」

「骨切りに大分てこずったって訳か」

「そういうのじゃなくて、押して行くとごつんと突き当たったりして」

また別の声が話に割って入った。

「あの人はあれでなかなかの曲者でしてね」

何を言うか、お前の方がよっぽど曲者ではないかとちょっと苦笑を催したが、それが次第にこわばった。先程からどうも様子がおかしい。聞こえて来る声には一々心当たりがある。みんな私の友人知人らしい。けれども、考えてみると組み合わせが腑に落ちない。鱧の話をしていた男が鯛の潮汁を一緒に御馳走になった男を知っている訳がない。ましてこの二人と気になる噂話をしていた面々が出くわすことなど到底考えられない。互いに知らない筈の友人が古馴染みも仕事仲間も一緒くたになっている。

「あれでもう少し尻を叩いて書かせたら、鱧皮の味くらいは出せたかもしれない」

ぽつりと呟くような低い声が聞こえた。その言い回しと沈痛な調子にうろたえた。一体これはどういう集まりなのだろう。ざわめきの中から何か手掛かりを得ようと耳をそばだてた。

ざわめきは一段と高まっているのに、片言隻語を掴まえようと焦れば焦るほどこんがらがって、もう一息というところで意味のある言葉を拾い出すことができない。耳の奥が熱くなってきた。半ば諦めて耳鳴りの如きものをぼんやり聞いていると、意味は判然としないが、時折聞き覚えのある声音や抑揚が伝わってくる。あやふやながら声の主を次々に思い浮かべた。

間違いなく色々な方面の友人がかなりの人数集まっている。しかしこういう顔触れで集まるとすれば、そこには当然私がいなければならない。一瞬酔っ払って次の間で寝込んでしまったのかと思ったが、私は酒気を帯びていないようだし、向こうで酒を飲んでいる気配もない。それにみんなを宴席に招待した覚えもない。出版記念会か。いや、そんな筈はない。頭の中は重く澱んでぼやけている。

ざわめきが不意に静まって、若い男の陰気な声がした。はっきりとは聞こえなかったが、澱みのない口調で何やら短い口上を述べた後、最後に、「それでは順にこちらへどうぞ」と言ったようであった。急いで出て行かなければ、取り返しがつかないことになるような気がした。必死に起き上がろうとした。全身が柔らかくて粘っこいものにすっぽり覆われているようで、もがいても支え所がない。どこにも力が入らない。大声で叫んだ。口の中が粘って声にならない。喉の奥からかすれたうめき声が漏れた。

どやどやと足音が近づいてきた。全身が硬直した。襖を開ける音がした。

「どうぞこちらへ」

女の声であった。軽いざわめきが起こった。少し手間取ってから忍びやかな足音が次々と間近に迫ってきた。

「お先にどうぞ」

耳になじんだ嗄れ声が聞こえた。

何故か寒気がして身の毛がよだった。早く出て行かなければ間に合わない。声にならぬ悲鳴を上げてあがいた。突然金縛りが解けて、目の前が明るくなった。

広い座敷の中程にテーブルが縦棒を長くしたコの字形に並び、壁や襖の方を背にして一見少なくとも三十人余りの人影がずらりと並んでもぞもぞしている。テーブルを挟んで向かい合わせに座ってはいない。真ん中が広く空いた変な座り方である。

何となく焦点が定まらない。見覚えのあるような格好の姿形がコの字なりに溶け合って一かたまりになっている。一人一人切り離して見分けようとすると、普段見慣れない頭のてっぺんばかりが目について、誰が誰やら判ったようで判らない。弁別はできないけれど、腹の底では、みんな友人だと判っている。ただ本能的にそれを確かめたくないらしい。

私の知らぬ間に互いに知らない筈の友人達が大勢寄り集まっている光景がこんなに薄気味悪いものとは知らなかった。コの字の大きく開いた正面には障子が立て切ってある。テーブルには料理が溢れそうになって、鯛の生け作りを乗せた赤絵の大皿と平目の薄作りをきれいに並べた青磁の大皿があちこちに置かれている。お椀はまだ出ていない。酒宴はまだ始まっていないらしい。みんな黙って何かを待ち構えている様子である。正面の障子の前に誰かが出てきて挨拶するのであろう。誰がどんな挨拶をするのだろう。

どきりとした。私につながる縁で集まっているとしか思われないこのような顔触れを前にして誰か挨拶するとしたら、それは私以外にはない。しかし私はみんなを招待した覚えがない。あの真ん中へのこのこ出て言って、一体何と言えばよいのだろう。しかし何時までも待たせて置く訳には行かない。切羽詰まった。ふと気がついて、もう一度丹念に一座を見回した。空いている席はない。私の席がどこにもない。

急に目の前が暗くなった。電灯がすべて消えたらしい。

「失礼します」

女の声がして、着物姿の影が二つ、そこだけは真っ白な障子の前に浮かび出て、次々に障子を開けた。思わず息を呑んだ。軽いどよめきが起こり、嘆声が漏れた。障子の外は廊下で、その向こうは広々としたガラス窓である。その窓が一面に白々と輝いている。窓は満開の櫻の花にびっしり埋め尽くされていた。

ここは櫻亭の二階座敷ではないか。話には聞いていたが、二階座敷から花を眺めたことはない。櫻亭は山の麓にあり、その裏庭から小高いところに建っている浄土宗のお寺のあたりまで、なだらかな斜面一帯に櫻が植わっている。私は花時にここを訪れたことがない。山門から眺めたとき、櫻亭の屋根は櫻の新緑に半ば埋もれていた。こんな遠い辺鄙なところまで、みんなわざわざ出掛けて来たのだろうか。しかし櫻亭のことは誰にも話した覚えがない。

どこかに照明装置があるらしく、窓辺の櫻は花の一つ一つまで微かに血の色を秘めて浮き出して見える。遠のくにつれて花の輪郭は次第にぼやけ、白いかたまりとなって幾重にも重なり合い、淡い靄のようになって暗闇に溶け込んでいる。窓辺の花が時折揺らいで、大きな花びらが二つ三つとゆるやかに舞い、あるいは下へあるいは横へ時には上へ消えて行く。左の隅に窓を斜めに横切って、くねった真っ暗な穴があいている。よく見るとそれは幹か太い枝のようであった。

突如花全体が大きくゆらめき、白い花の隙間から、それまで隠れていた真っ黒な幹や枝の切れ端が不揃いな粗い幾何学模様を描いて浮かび出た。その模様がちらちら一斉に見え隠れして花びらが乱舞し、激しく大きな渦を巻き、四方八方へ飛び散った。

　花びらが目も開けていられぬほど降ってくる。見る見るあたり一面に散り敷いた。どこが道なのか、もはや見分けがつかない。見渡す限り、いかつい老樹が瘤だらけの太い幹を黒々と連ね、あちらにもこちらにも爬虫類の胴体にも似た奇っ怪な太枝が宙でくねって花の天蓋に突き刺さっている。

　またもや一陣の風が吹き渡り、おびただしい花びらが舞い散った。行く手も見えぬほど舞い落ちてくる。枝も幹も消えてしまった。とうとう花びらにすっぽり包まれた。どこもかしこも白一色になった。その白も段々薄れてきた。もはや風もない。しんと静まり返っている。次第に茫漠とした心持ちになった。もう何も見えない。これから眠るのだなと思った。

「芸者はおらんのか。芸者を呼べ」

　どこかで宴会でもやっているのか、遠くで叫ぶ声が微かな木霊のように聞こえた。

ライオン

随分深いところからエスカレータを駆け上り、薄暗い通路を走り抜け、外へ飛び出して、はてな、と思った。目に映ったのは見慣れない、いやにすっきりした風景である。

横棒の短いコの字形になった駅の建物の浅く窪んだところがタクシー乗り場やバス乗り場になっている。黒いタクシーが一台停まっているが、バスもバスを待つ人の姿もない。

三階建てくらいの駅の建物とそれを縁取る歩道はくすんだ赤煉瓦、タクシーがポツンと停まっている建物の浅く凹んだところも同系色であるが、少し黄色味を帯びた淡い色の煉瓦が敷き詰めてある。建物に沿った歩道には街路樹がポツリポツリと植えてあり、若木の鮮やかな萌黄色が煉瓦の色としっくり調和している。雨上がりのような色合いである。

裏口に出てしまったか、と思った。それにしても、駅前にしてはがらんとして人気がない。ちっぽけな広場に駅へ向かう車もなければ人もいない。歩きながら振り返ったが、構内の通路は混雑していたのに、駅から誰も出てこない。

駅の向かい側はさほど広くない通りを隔てて古びた石造りの建物が連なっている。どこか異国の古都といった風情である。その前をちらほら歩いている人たちも、遠目には、毛色が違っているように見える。時々通りを見かけない型の古ぼけた車が通り過ぎる。

惰性で通りの方へのろのろ歩いて行った。どこに出てきたのか、まったく見当がつかない。どこへ行こうとしていたのかも分からない。思い出そうとしても、まるで取っ掛かりが掴めず、取り留めがない。いらいらしながら薄雲のかかった脳味噌を絞った。

どうも東京駅の八重洲北口に出るつもりだったような気がする。しかし確信が持てない。どこか別の場所だったようにも思う。急いでいたのは約束の時間に遅れ、慌てていたためらしい。どこで、誰と待ち合わせをしていたのか、肝心なところが灰色にぼやけている。駅前の通りまで出てきて自然と立ち止まった。

灰色の薄雲の中に私の名を呼ぶ声が木霊した。目の前の横断歩道を、大柄な父が肩を揺するようにして渡ってくる。笑みを浮かべて右手をちょっと挙げた。着古したバーバリーのレーンコートを羽織り、左手にボストンバッグを提げている。

そうだったのか、と思ったが、ひどく唐突なその現れ方が腑に落ちない。つい今し方まで通りの向こう側に、そんな格好をした人はいなかったように思う。正面の洒落たカフェから飛び出してきたのかもしれない。だが、父がそんなところに入っていたとすれば、それこそ珍事に属する。

「連絡が届かなかったのかと思ったぞ」

「出張かい。いつ出てきたの」

「昨日だ。これからまた会議で、それが終わればすぐ帰る」

「慌ただしいね」

「久しぶりに顔を見て、ちょっと話でもしようかと思ったんだが、お前がこんなに遅れるものだから、もう時間がない」

「ごめん」

「元気そうで何よりだ。そうだな、予定を少し変更するか。一緒に昼飯でもどうだ。例のレストランにしよう。一時には行けるだろう。いけない、会議に遅れそうだ。また、後で」

父は信号をちらっと見てから、レーンコートの裾を翻し、今渡ってきたばかりの通りへ一歩踏み出した。それから、ふと立ち止まり、振り返った。

「母さんも機嫌よく暮らしているよ」

それを聞いて、一瞬、頭のてっぺんから足の爪先までアルコールでそっと拭われたような気がした。それ、いつの話だ。

父は、また、右手をちょっと挙げ、あたふたと通りを斜めに渡って行った。ふさふさしたごま塩の髪、しっかりした足取り、かなり太った体つき、随分若返ったような父の後ろ姿に、何故か、違和感を覚えた。

遠ざかる父を見送りながら、私は、はて、と首を傾げた。方向が違うのではないか。本社のビルは通りを渡らず、左へ行かなくてはならない。左手を見た。ここが八重洲北口ではなかったと気がついた。

そうなると、例のレストランというのも、何度か一緒に行ったことがあるので、その店が反射的に浮かび、分かったような気になったが、ここがどこなのか確かめておかなくては行き着けないかもしれない。頭が混乱しているらしいから、我ながら妙な話であると思うが、場所と道筋を父に教わらないと困ったことになる。

視線を戻すと、向こう側の歩道にもう父の姿がない。信号の変わるのを待って大急ぎで父の後を追った。通りを斜めに横切り、歩道を小走りにまっすぐ進んだ。まだ遠くまで行くはずがないのに、前方にそれらしい後ろ姿が見当たらない。

交差点に出た。左右を見渡した。左手の歩道を、どれも似たような色のレーンコートを着た小さな後ろ姿が幾つも重なり合い、一かたまりになって足早に遠ざかって行く。小走りに後を追った。かなり間を詰めた。

左手のショーウインドーが、一瞬、目に映った。衣装をはぎ取られたマネキンが幾つか、寒そうに立っていて、その中の一つの肩に真っ赤なマフラーが掛けてあった。それにちょっと気を取られている隙に、後ろ姿の一団が消えていた。

私は慌てて走った。左側の横町へ飛び込んだ。そこにレーンコートの影も形もなかった。どこか路地へ入ったに違いない。私は走り続けた。通り過ぎた右手のガラス窓の中に、ちらっとレーンコートの翻るのが見えたような気がした。引き返して、その店に入った。

ずかずかと中に入ってから、ようやく店内の異変に気づいた。照明が異様に暗い。ショーケースやワゴンの類があちこちに片寄せられ、店員らしいのが重ねた衣服や段ボール箱を抱えて右往左往している。陳列してあった品物を片づけているらしい。模様替えをしているのか、店仕舞いをしているのか分からない。

すぐ脇をキャスターのついたクローゼットハンガーが軋みながら追い越して行った。それに一ダースものレーンコートがぶら下がって、てんでにゆらゆら揺れている。立ち止まって、それをポカンと見送った。しかし、突っ立っていると、大きな箱を抱えて忙しげに動き回っている人とぶつかりそうになる。仕方がないから、とりあえずレーンコートの後について行った。この店の間口はさして広くないけれど、奥行きはかなり深い。私が入ったのは裏口であったらしい。

店内を突っ切って外へ出た。あたりを見回した。骨董屋とか宝石屋とか、そういう類の老舗が軒を連ねている。人通りが少ない。時々、ショーウインドーに飾ってある時計が目に入る。時計の針がまちまちな時を指している。それが頭に引っかかった。

交差点に出た。正面の角に黒っぽい大きなビルが聳えている。ここだ、と思った。

信号が変わるのを待った。それがいつまで待っても変わらない。向こう側で信号待ちをしていた老紳士が左右を見渡して、通りを小走りに渡ってきた。私も横断歩道を突っ切った。後ろで続け様に警笛が聞こえた。

ビルの出入り口までまっすぐ歩いて中に入った。古めかしい外観に似て建物の内側は厳めしく、いやに天井が高い。長い通路をせかせかと端から端まで歩いた。両側にちょっと入りづらいような立派な店が連なっている。向こう端の右側の店に入った。

店内の右手はとっつきにレジ、その向こうが厨房、正面の壁はベージュ色の羽目板、左手にはアーチ型の窓がポツポツ並び、薄い緑色のレースのカーテンが引いてある。中の空気がうっすら緑色に染まっているように見える。店内はがらんとしていて客は数えるほどしか入っていない。客席をぐるりと見回してから、ちらっと厨房の上を見た。

レジの傍に狭い階段がある。その階段を上った。厨房の上が天井の低い中二階になっていて、ボックス席が一列に並んでいる。壁際の通路を歩いて一番奥の席に座った。ほかに客の姿はない。ここからは入り口と階下のほとんどの席が見渡せる。

ウェートレスが水をもって注文を取りに来た。もうすぐ連れが来るから、オーダーは後で、ということにした。遅すぎたのか、早すぎるのか、その辺が曖昧であったが、場所に間違いはない、と思った。それから席を反対側に変え、ゆったり座り、視線を上げた。

通路の突き当たりに大きな水槽が置いてある。中に特大のアロワナが一匹、夢のように浮かんでいる。分厚い水槽のせいもあるのかもしれないが、優に一メートルを超えているように見える。じっとしていて動かない。ただ、この魚には水槽が狭すぎる。自由に泳ぎまわるだけの余地がない。反り返ったような魚体を斜めに立てているのが標本のようでもある。

この魚は実に美しい。いくら眺めていても飽きることがない。静止しているように見えるが、短いたてがみの連なったような背鰭や尻鰭や尾鰭が柔らかく微かにそよぎ、ときどき僅かに身をくねらす。その都度、銀白の大きな鱗に覆われた魚体をぎらりぎらりと七色に変える。

私は息を呑んで水槽に幽閉された虹に見入った。まわりのすべてのものが消えてしまった。私の目には、暗い背景に、アロワナの姿だけが大きく浮き出ていた。

そのうち銀白の体がほんのりと紅に染まった。薄紅の鱗がゆらめき、ふわりふわりと水中へ解き放たれた。それらが淡い炎となってまん丸な黒い瞳を包み込むように、ゆらゆらと燃え上がった。

きついカレーの匂いが鼻を打った。振り向いて中二階の席を見た。ほかに客はいない。階下も相変わらず客はまばらである。この店でカレーの匂いなどするはずがないのに、どうも合点がいかない。店内の空気がほんのりと金茶に染まっているように見える。

カレーの匂いを嗅いでいると、急に、待ち合わせの場所を間違えたような気がし始めた。場所ではなく、時間を間違えたような気もする。ここにはただアロワナを見に来ただけなのかもしれない。思い出そうとしたけれど、頭の中が散らかったり、こんがらがったりして空転する。それがカレーの匂いのせいのように思われた。

カレーの匂いが気になり、次第に苛立ってきた。とうとう、いても立ってもいられなくなった。同じポーズで水に浮かんでいるアロワナに一瞥《いちべつ》をくれてから、私は席を立ち、急いで階段を降りた。

店を出て、すぐ右手の出入り口からビルの外へ出ようとした。ふと見ると、左側に下へ降りる狭い階段がある。私は誘い込まれるように、その薄暗い階段を降りた。

一度折り返して下の階に出た。地下街に通じるはずのドアが開かない。階段は更に下へ延びている。引き返そうか、と思ったけれど、行きがかりで、また、下へ降りた。今度はドアが開いて、ひどく暗いところに出た。駐車場らしい。おびただしい車がとめてある。黒々と沈んだ車の影の彼方に明かりがうっすら横へ伸びている。私は壁に沿って明るい方へ歩いて行った。

ようやく出口の近くまで来た。急なスロープの上が白々と明るい。スロープをよちよち登った。突然、轟音が響き渡り、赤い車がのしかかるように突っ込んできた。ヘッドライトが目を射た。私は慌てて壁に張りついた。燃え上がる炎が黒煙をなびかせながら、一陣の風となって吹き過ぎると同時に、短い警笛が立て続けに鳴り、車輪の軋む音が聞こえた。

私は懸命にスロープを登った。外に出てやれやれと胸を撫で下ろした。出てきたところは人気のない裏通りのようであった。正面に汚れた石造りの建物があり、扉のガラス越しに建物の向こう側が透けて見える。向こうの通りは大勢の人がひっきりなしに往来しているらしい。

私はその建物に入った。薄暗く、ひんやりとして、天井が途轍もなく高い。がらんとしたホールのようなところを大急ぎで通り抜けた。

薄暗い建物を一歩出た途端、目がくらんだ。恐ろしく明るい。それから周囲を見渡して呆然とした。そこに思いがけない風景が広がっていた。商店の連なる賑やかな広い通りを、色とりどりのサリーをまとった女や、たっつけ袴のようなものを穿き、ターバンを巻いた男が大勢行き来している。喧噪の中から聞き慣れない呼び声が聞こえてくる。

左手の方が一段と賑やかである。そのあたりは通りの向こう側に商店街の狭い入り口があって、その周辺に軒を連ねているのは香辛料を扱う店らしい。摩訶不思議な匂いが漂ってくる。

商店街の奥で、どよめきが起こった。中からおびただしい人が通りへ溢れ出た。ふり返って、口々に訳の分からないことを叫んでいる。その後から、どう見ても場違いな一団が出てきた。白いセーラー服を着用した水兵である。広い襟に青い筋が入り、星印がついている。

十名足らずの一隊は取り巻いている群衆の中から色鮮やかなサリーを選んで、てんでにふらふら近づき、大声でどうやら卑猥なスラングを口走っているらしい。昼間からひどく酔っ払っている。

水兵たちが、よろめきながら近づいて来る。どれも規格品のように似た体格で、背が高く、がっしりしているが、みんな童顔である。それがひどく醜く見える。

海軍の面汚しめ、と私は呟いた。水兵の一人がこっちを見た。不作法に私を指さして、仲間に何か言った。水兵が一斉にこっちを向いた。見上げるような大男の一団が物珍しげに酔眼を見開いて間近に迫って来た。困ったことになった、と思った。

商店街の入り口の更に左手の方で警笛が鳴った。軽快なエンジンの音が響いてくる。水兵を遠巻きにしていた群衆が二つに割れた。その間を真っ赤なスポーツカーが速度を落としてゆるゆると走ってきた。青いサリーの女が運転している。遠目にも美しいその顔立ちを、どこかで見たような気がした。

水兵がにやにや笑いながら掛け声をかけ、私のすぐ傍で一列横隊に整列した。酔っていても、これは素早かった。よろめく足を踏みしめ、右足を一歩斜め前へ出すような形でようやく不動の姿勢をとり、全員が反っくり返って敬礼をした。

突然、車が速度を上げ、急に方向を変えた。車輪が水兵たちの一歩踏み出した大きな靴の先端を幾つか一撫でに轢いた。悲鳴が上がった。それをうち消すように、まわりで、どっと歓声が湧いた。目の前を走り抜けたとき、長い髪をなびかせた女がちらっとこっちを見て笑ったように思った。

水兵たちが喚きながら車の後を追った。けんけんをしながら追いかけていくのもいる。車は少し行ってから再び速度を落とした。短い警笛が幾つか続け様に鳴った。遠ざかって行く運転席の女の横から、ずんぐりした薄茶色の頭が覗き、二つの光る目がこっちを見た。遠く離れてはいるけれど、一瞬、視線が合ったような気がした。嫌な予感が頭をよぎった。

車から大きな動物がしなやかな薄茶色の弧を描いて飛び降りた。のそのそ歩いてくる。悲鳴が起こり、通りの人々が逃げ惑った。

私は逃げた。一目散に走った。走って走って十字路に飛び出し、はっとして立ち止まった。

目の前の景色が一変していた。建物も人の姿も見当たらない。前方には見果てもつかない恐ろしく長い石橋がかかっている。その下に茫々と広がっているのは河だか沼だか分からない。岸辺には大分先まで一面に葦が生えている。橋の向こうの遙か彼方に島か丘のようなものがうっすら見える。

どこからか、笛の音が聞こえてきた。鈴や鉦の音も混じっている。澄んだ明るい音色である。左右を見渡した。岸に沿って立派な舗装道路が走っている。右手の方から金ぴかに飾った象がやってくる。背中に絢爛豪華な厨子のようなものを乗せている。象の左右と後ろに着飾った短い行列が続いているが、その多くは子供らしい。みんな楽しげである。一行は十字路を曲がり、橋にかかった。

私も象と一緒に行きたくなった。何としても、あの行列に加わりたい、と思った。後ろからリズミカルな足音が近づいてきた。ぞっとして全身が硬直した。足音が私のすぐ傍で止んだ。右脇に牝ライオンの頭が見えた。遠ざかって行く象の一行をじっと見送っている。ライオンというものがこれほど大きいとは知らなかった。私は息を詰め、そろりそろりと蟹歩きをしてライオンの傍を離れた。

岸に沿って躑躅《つつじ》のような低木が帯状に植えてある。その端が橋の袂まで延びている。丈はそれほど高くないが、奥行きはかなりある。地面と木の下枝の間に僅かな隙間が見える。私は横目でちらちらライオンの様子を窺いながら、ようやく植え込みの傍まで辿り着いた。

私はそっとしゃがんだ。ライオンが顔をこっちへ向けた。口が開き、牙が見えた。

鼻面に皺を寄せて低く唸った。唸り声は低いが、腹に響いた。

私は動転した。夢中で腹這いになり、地面と下枝の僅かな隙間に潜り込もうとした。狭すぎて頭が入らない。足の方から無理矢理に体を押し込んだ。体をねじり、両腕に力を込めて、何が何でも匍匐《ほふく》後退した。どうにか顔が道路から大分引っ込んだ。枝に押さえられた頭を無理にもたげた。細かい枝の網目越しに、辛うじて外が見える。

顔だけこちらに向けて、きょとんと私を見ていたライオンがぐるりと向き直った。体を低くして物珍しげに近寄ってきた。上目遣いになった大きな顔が隙間から侵入してきた。もうこれまで、と観念した。急にライオンが顔を引っ込めた。くしゃくしゃした小枝が顔に当たるのを嫌がったらしい。前足で顔を拭っている。

ライオンが腹這いになった。太い棍棒にグラブをつけたような右腕がボクシングのフックの格好で地面すれすれに伸びてきた。引っかけて引きずり出そうとしているらしい。しかし、枝に触れるのを嫌ってか、ライオンが顔を反らしているので、もう少しのところで届かない。フックが何回も続いた。そのうち、ライオンは飽きてきたのか、ゆっくり遠ざかって行った。

全身が枝葉に押さえつけられて息苦しい。その上、今にも胸が破裂しそうな激しい動悸がする。あちこちがチクチク痛む。我慢ができなくなって、這い出そうとした。すると、また、足音がして、ライオンが駆けてきた。地響きがする。よほど重たいのであろう。

ライオンは背を低くして隙間から、こっちをちらっと覗いた。それから寝転がって背中を道路に擦りつけた。起き上がると、両腕をうんと前へ伸ばし、立ち腰を後ろに引いて伸びをした。前足の大きな爪がむき出しになった。オヤ、と思った。さっき前足が伸びてきたとき、あの恐ろしい爪は畳んであった。

ライオンは大きなあくびをしてから、しばらく橋の向こうを眺めていた。それから、ちらっとこっちを見て、また、どこかへ行ってしまった。

私はようやく植え込みの下から這い出した。急いで橋の上に出た。長い長い橋が最後に一本の線となって消えていた。もちろん、象の一行はもう見えなかった。私は橋の彼方をじっと見つめた。そこには大きな白い雲がもくもくと湧いているだけであった。何故か、涙がとめどなく溢れてきた。

笹蟹

夜更けに二階の書斎で書き物をしていた。

私は以前から夢を題材にした小品を綴っている。記憶の網に引っ掛かった夢の断片を紡いで夜の文目《あやめ》を織り成そうと試みているのである。折しも書いていたのは一昔も前に見た夢で、記憶が大きく抜け落ちている部分は忘れたのか、あるいはもともと夢に飛躍があったのかさえ判然としない。

思い出せるところはすでに書き留めた。草稿は大方出来上がっていたが、脱落した部分の処理に手間取り、仕上げは遅々として捗らない。しばし案じてはペンを執り、書きあぐねてはペンを擱《お》く。ひとしきり紙の上を走るペンの音が途切れると、もはや何の物音も聞こえない。締め切った部屋の中に幾分湿り気を帯びた生暖かい空気が澱んでいる。空には月もないと見えて窓の外はただ暗い。

最前から私の脳裡には大竹薮が音もなく大波のように揺れている。日に映えて艶やかにうねる竹の若葉を映して私の脳裡は底抜けに明るい。しかしこの竹薮の地下には、竹の根にがんじがらめに絡まれて、朽ちかけた骸《むくろ》が一つ埋まっている。それは私の骸である。

真っ暗闇の中であがき悶えた末に、この骸から脱け出た後の夢は割合鮮明に思い起こすことができるのであるが、このような浅ましい姿になり果てたそもそもの罪業を突き止めようとしても、古寺の崩れかけた築地塀を乗り越えて竹薮の中へ入って行く自分の姿と、そのときの何故とも知れぬよこしまな喜びに高ぶった気分が前後に何のつながりもなく朧気に甦ってくるばかりで、その間の事情を解き明かす手掛りは一向につかめない。

深い闇の中にふっつり消えてしまった記憶の糸を無理に手操ろうとすれば、かえって渾沌とした底無しの暗がりへ引きずり込まれるような心地がするばかりか、そこから得体の知れぬおぞましいものが次々に浮かび上がってくる気配がする。私はあわてて大竹薮に立ち返る。私の脳裡にはまたしても艶やかに輝く竹の若葉が狂おしく揺れていた。

突然脳裡に暗い影が射し、大竹薮が消えた。それと同時に、何故か判らぬが、私は激しい悪寒に襲われ、肌に粟の生じるのを覚えた。しばらくは体が硬直し、身じろぎすらできなかった。ただ神経だけは異常に研ぎ澄まされていた。何の物音も聞こえない。しかし私は何時からともなく、背後に何ものかの視線を感じていた。

やがて不意に五体の緊張がほぐれた。深々と息をついてから私は静かに回転椅子をめぐらし、書斎の一隅を凝視した。

書斎は広さ十畳ほどの細長い洋間で、一方の端に机があり、反対側の壁際には中央に寄せて本箱が二つ置いてある。右手の本箱の裏へ、黒っぽい毛むくじゃらの脚の先が二、三本、ソロリと引っ込んだような気がした。薄暗い上に、一瞬の出来事であったから、そのことに確信は持てなかったが、その脚には見覚えがあった。


高等学校の三年間、私は四国の高松で下宿生活を送った。その間に半年足らずお世話になった家は山裾にあり、荒れ放題の広い庭に囲まれていた。古めかしい大きな屋敷であった。

その屋敷の土間や廊下の暗い壁に足高蜘蛛が幾つも張りついていた。大きいのは五本の指を一杯に広げたほどもあった。引っ越して早々に、悪夢のような蜘蛛を発見し、怖気をふるう私を見て、その家の主は笑いながら、「こわがらんでもええ。なんも悪さはしやせん。おとなしいもんじゃ。こいつらが油虫をみんな退治してくれよる」と言った。

何度見ても薄気味悪かったけれど、見慣れてしまえば一つ屋根の下に暮せぬこともない。日数を経るにつれて、昼間は暗い壁に張りついて動かない醜悪奇怪な大蜘蛛の集団が天然記念物のように思われ、あまり気にならなくなった。それでも、ときどき夜中にバリバリ凄まじい音をたてるものの正体が欄間から私の部屋に侵入して唐紙を渡り歩く蜘蛛だと知ったときには、びっくり仰天して飛び起きた。

それと相前後して、明け方、ベッドの脇の窓辺でいきなり牛蛙が鳴き出したときも肝をつぶして飛び起き、この次は天井から青大将でも降って来るのではないかと考えて空恐ろしくなった。幸い蜘蛛は時折迷い込んできてもベッドに近づく様子はなく、襖を開けると間もなく部屋を出て行ったから、日々の安眠を防げられるというほどのこともなかった。

以来二十数年、この種の大型の蜘蛛を見ていない。しかし本箱の裏に引っ込んだ大きな脚はどうやらその蜘蛛のものらしい。

こんな蜘蛛がどうして書斎にいるのだろうといぶかしく思った。書斎は内装を改めてまだ間がなく、天井も壁板も床に張り詰めた絨緞も新しい。家具の位置も全部変えた。久しく部屋に住みついている筈がない。

階下から上がって来たのだろうか。それにしても大きな蜘蛛が家の中をうろついていれば、嫌でも誰かの目にふれる。多分外から入って来たばかりなのであろう。しかし書斎を始め、家中の窓にはすべて網戸がはまっている。階下の寝室も最近窓を開け放した覚えはない。

もちろん影に脚の生えたようなものだから、どこから紛れ込んでも不思議ではない。そうは思っても、その唐突な出現がもう一つ腑に落ちなかった。脚の先が目に映ったように思ったのはほんの一瞬である。それが消えたあたりを半信半疑で見詰めながら、あれは幻覚だったのではないかと考えた。

ものがものだけに放って置く訳にも行かない。しぶしぶ椅子から立ち上がり、鬱陶しい気分で本箱に歩み寄った。あいにく書斎には本箱の裏をつつくものが見当たらない。やむを得ず本箱と壁板をあちこち乱暴に叩いた。ときどき壁に耳をつけたが、コソリともしない。やはり幻覚であったかと思ってほっとした。しかし念のために一応確認する必要がある。階下から本箱の裏をつつける針金か物差しでも取って来ようと思ってドアを開けた。

ドアは本箱から半間ほど離れた書斎の隅にある。何気なく外へ一歩踏み出した途端、再び背筋に冷たいものが走った。こわばった体を無理にねじ曲げ、向き直って本箱の裏を見た。黒っぽい脚の先が、先ほど引っ込んだのとは反対側の手前の方から音もなくソロリソロリと出て来るところであった。

目の前に全身を現わした蜘蛛を見て、思わず目を剝き、息を呑んだ。見たことのない種類である。大きさは高松の古屋敷にいたものに及ばないが、それでも五本の指を軽く広げた位はある。

だが驚いたのはその大きさではない。毛むくじゃらのおぞましい脚におよそ似合わしからぬ、これはまた何と美しい胴体の色であろう。それがかくも美しく見えるのは八方へ広がった見るも厭わしい脚の真ん中にはめ込まれているからであろうか。

大蜘蛛は本箱の薄暗い陰から電燈の光の中へ這い出して来た。それと共に、ほんの少し黄色味を帯びた浅い緑色が光を浴びて、まるで宝石箱からこぼれ出たように輝いた。脱皮する瞬間、初めて空気に触れた蝶やトンボを思わせる瑞々しい色合である。一瞬私の脳裡を大竹藪の光景がよぎった。蜘蛛の胴体は竹の若葉の艶やかな色を映していた。

私が凝然と立ち尽くしている間に、蜘蛛は私の足もとをゆっくり通り過ぎて長椅子の下に入った。

書斎の三方の壁際には机、本箱、長椅子等の家具が配置されているが、残る一方の壁には大きな窓があって、窓際には何も置かれていない。したがって書斎の真ん中あたりは広く空いている。

私はドアを閉めて書斎の中央に戻り、さて、どうしたものかと一わたり周囲を見まわした。見失っては後が面倒である。長椅子の上の夕刊が目にとまった。ほかに名案が浮かばないので、新聞を手に取り、ゆるく巻いた。殺すつもりは毛頭ない。これで軽く叩いて仮死状態に陥れ、窓から棄てれば片がつく。

身の危険を察知したかのように蜘蛛は長椅子の下から這い出し、机の方へ逃げ出した。その様子が気に食わなかった。向こう向きに逃げながら、突っ立った大きな黒い目で背後の私を油断なく見据えているのである。私はその目から蟹を連想した。そこで、しばらく観察していたが、横歩きはしなかった。

私は巻いた新聞をふりかざして、蜘蛛を追いかけた。それは思いのほか敏捷であった。長椅子の下をくぐり抜けることはあっても、机の下に隠れるでもなく、本箱の裏に逃げ込むでもなく、蜘蛛は前後左右から突っ立った目で私をヒタと見据えたまま書斎中央の細長い空間をグルグルまわり始めた。折れ曲がった八本の長い脚が滑らかに床を這い、極上のクッションに乗った胴体がやわらかに起伏しながら私のまわりに浅い緑色の楕円を描いた。

狙いを定めて何度か新聞を振り下ろした。しかしゆるく巻いた新聞では空気の抵抗が大きくて、なかなかうまく叩けない。蜘蛛はますます速度を上げて目まぐるしく走りまわった。絨緞の短い毛羽が脚先にからむのか、その脚もとから微風が枯芦原を渡るような音が立ちのぼった。

私は間合をはかって、走り抜ける蜘蛛の前方を叩いた。蜘蛛が丸めた新聞の上にフワリと乗った。あるか無きかの重さが手に伝わって来た。思わず新聞を手もとに引いた。間近から黒く輝くかなしい目が私を見上げた。視線が絡み合った拍子に、何故か、ふと祖母の目を思い出した。亡くなる前に病床から私を見上げていた目である。埒《らち》もない。私は身震いして激しく頭を振った。

蜘蛛は床へ飛び降りた。不快極まる連想に私は逆上した。手早く新聞を固く巻き直し、めったやたらに振り下ろした。新聞が折れ曲がった。蜘蛛は走った。木枯らしに似た微かな音が聞こえた。空を切る音であった。蜘蛛はもはや走っているのではなく、浅い緑の尾を曳いて宙を飛んでいた。目にもとまらぬ早さで床を掠め、連続的に跳躍しているのであった。私はなす術もなく、宙を飛びまわる蜘蛛の行方を目で追った。不意にギイと嫌な音をたててドアが半開きになった。先ほど蜘蛛が本箱の裏から姿を現したときに、閉めたつもりがきちんと閉まっていなかったらしい。蜘蛛は私の足もとを擦り抜けてドアの外へ飛び出した。

間髪を入れず階段の電燈をともした。どこへ消えたのか、影も形もない。階段の上はドアがどうにか開閉できるほどの広さである。梯子段を一段ごとに下まで調べたが、階段を降りた形跡はない。

ほかに隠れることのできる場所は階段の上の高いところに棚が一つ、そこには不用のものが雑然と積まれている。しかしそこへ這い上がる暇があったとは思われない。それでも椅子を持って来て、一応棚の上を点検した。やはりいない。椅子を戻してから狭い階段の上を改めて見まわし、首をひねった。

階段の突き当りには屋根に出入りするための低い窓がある。その窓の下側にエッチングの銅版が立掛けてあった。銅版の隅に描かれた鬼の面が妙な目付きでこっちを睨んでいる。面白くないから、鬼の顔を何の気なしに軽く蹴った。銅版がふくらんでフワリと倒れ、中から蜘蛛が走り出た。蜘蛛は私のスリッパの先にひょいと飛び乗った。それが私の目には物の怪のように映った。思いもよらぬことであった。銅版に注意を払わなかったのは、それが壁に立て掛けてあると言うよりも、床と窓枠の間の壁にはめ込まれて、壁に密着しているように見えたからである。よしんばそこに僅かな隙間があったにせよ、これほど嵩高いものが、どのようにしてその隙間にもぐり込み、どんな恰好で潜んでいたのか、まるっきり見当がつかなかった。私は立ちすくんでいた。激しい動悸が耳に聞こえた。

蜘蛛は逸早く階段を降り始めた。段梯子の先端の部分が一番下の段まで階上の電燈に照らされて鈍く光っている。蜘蛛はその狭い光の帯の中に一瞬姿を現わしては闇に沈んだ。淡い緑色が正確に同じ間隔を置いて瞬くようにきらめいては消えた。その都度、飛び出た大きな黒い目が後方の私を油断なく見上げた。蜘蛛は十二段の階段を一気に走り降り、呆然と見送る私の視界から消えた。

獣じみた唸り声と共に、どす黒い霧のようなものが胸の奥から噴き上がり、私の周囲に立ちこめた。目の前が薄暗くなった。私は荒々しく階段を踏み鳴らして蜘蛛の後を追った。私の暗い影が大きく揺らめいて階段を覆った。

階段の下には突き当たりに本棚が一つ置いてある。寝室に通じる戸は閉まっているので、逃げ込む場所はそこ以外にない。耳を澄ますと本棚の下で微かな音がする。暗闇に潜んでいる蜘蛛のシルエットがありありと眼底に浮かんだ。それは次第に拡大され、大蛸ほどにもふくれ上がって、漆黒の巨大な目を光らせ、剛毛がもじゃもじゃ生えた長大な脚をうごめかせながら私の頭に覆い被さった。私は頭に張りついた蜘蛛の影を即座に払いのけることができなかった。目の前から異形のものを抹殺したい、という隠れていた本能があからさまに洗い出された。

私は衝動的に台所へ走った。そして殺虫剤の缶をつかんで駆け戻り、いささかも躊躇せず本棚の裏へ、これでもかこれでもかとばかりに、たっぷり噴霧した。束の間、枯葉が砕けるような音がして急に静まった。更に数回殺虫剤を吹き掛けた。甘ったるい臭いが階段に立ちこめた。

深夜の寸劇は殺伐たる幕切れに終った。ひどく疲れていた。書斎に戻って机の前に座り直したが、ペンを持つ手が震え、もはや書き物を続ける気にもならない。高ぶった神経を鎮めるためにウィスキーを呷《あお》ってベッドに入った。

翌朝の寝覚めはすこぶる悪かった。夢うつつに昨夜の出来事が書きかけの夢の話と混じり合ったらしく、大竹薮から脱け出た私が自分の骸に戻ろうとして体の上を這いまわっているような気がした。身震いして飛び起き、パジャマを脱いで裏返しにし、次いで蒲団をめくって何もいないことを確かめた。

服を着て階段に通じる戸を開けると、まだ殺虫剤の臭いが漂っている。昨夜の一部始終をはっきり思い出した。不思議なことに醜悪な蜘蛛の姿は霞んでしまい、宝石のようにきらめく浅い緑色ばかりが鮮明によみがえって来た。

あれほど見事な蜘蛛はそうざらにはいないであろう。その道の人にとっては垂涎の的となるような極めて珍しい変種であったかも知れない。布でも被せて生け捕りにすればよかった。ともあれ、あの色だけは朝の光で、ぜひもう一度見ておきたいと思った。

早速本棚を動かした。長年置いたままになっている本棚の裏や下側には驚くほど綿ぼこりが溜っていた。厚く積もった埃の中に木片や紙切れを見分けることはできるが、蜘蛛と覚しきものは見当たらない。少し警戒するような気持になって、壁から階段、更に天井へ視線を馳せた。それから二階に上がって書斎を調べた。しかしどう考えても生き延びて逃げたとは思われない。やはり埃の中であろう。階段の下は暗いので、外で確かめることにした。

手箒と塵取りを持って来て綿ぼこりを掃き集めた。綿ぼこりを盛り上げた塵取りを手にして玄関を出た途端、「お掃除ですか。朝早くから御精がでますね」と表の通りから近所の奥さんに声を掛けられた。あわてて挨拶もそこそこに庭へまわった。

庭には朝日がまばゆいばかりに降りそそいでいる。いやに明るい。台所から朝食の仕度が出来た、と呼ぶ声が聞こえる。何となく白けた気分になった。生垣の根元に生えている笹を折り取って綿ぼこりの山を掻きまわした。

綿ぼこりの中から蓑虫を大きくしたような、少し焦茶のかかった鼠色の塊が出て来た。よく見ると蓑のように見えるのは脚で、点々と色の濃いところは毛のようである。見る影もなく萎んでいるが、それはあの大蜘蛛であった。蜘蛛は汚らしい長い脚で自らの胴体を十重二十重に縛り上げ、美しい色を秘め隠して死んでいた。それは白日のもとに晒されると、たちまち色褪せ、光輝を失う夢とどこか似ているように思われた。

乞食譚

戦時中、疎開先は紀州の新宮に吉次という乞食がいた。容貌魁偉、毬栗頭、皮膚の色あくまで黒く、縄帯を締め、擦り切れた藁草履をはき、年中つんつるてんの着物からふしくれだった逞しい四肢をむき出しにして市中を徘徊していた。年の頃は定かでない。案外若かったのかも知れないが、今もって見当をつけかねる。漠然と大の大人であったと言うほかはない。

渾名を五十三次という。その謂《いわ》れは着物にある。遠方からは紺の濃淡に白の混じった縞柄にも見えるが、近づくと単につぎを当てたなどという生易しい代物ではない。千切れ雑巾を綴ったような文字通りの襤褸《らんる》である。東海道の五十三次におびただしいつぎの意を懸けた語呂あわせで、吉次五十三次となる。

新宮に疎開したのは敗戦の前年のことである。しばらく仮住居をしてから、市の西の外れに近い千穂ヶ峰の麓の大きな家に落ち着いた。この家は以前待合であったらしい。引越しが一段落して間もなく国民学校にあがった。すでに老人と子供を除いて男の姿が極端に少なくなっていたが、それでも市内はまだ比較的平穏で、どこかのんびりした雰囲気が漂っていた。

家の目と鼻の先には千穂ヶ峰がそそり立っていた。千穂ヶ峰はさして高くはなかったが、朝日はまずこの峰に射し、ところどころ岩石の露頭する頂を淡い金色に染めあげ、夕日もここに名残の茜を留めた。

山裾には寺院が散在していた。門前は大寺の石垣で、この石垣に面した一帯は大寺前と呼ばれた。大寺の隣にもう一つの寺があった。手元にある新宮市の略図を見ると、それと覚しきあたりに瑞泉寺と清閑院の名が見える。南側の瑞泉寺は通称大寺とあるから、これらが子供の頃遊び場にしていた寺の名であろう。

大寺と清閑院の石垣が一つにつながり、寺ごと山を抱くようにして西へ伸びてくる市街をさえぎっていた。石垣沿いに多少うねりながらほぼ南北に走る道を隔てて、しもた屋風の古びた町並が続いていた。

石垣に登って見渡すと、鈍い光を放つ屋根瓦が連なり、その下に白く乾いて木目の浮き出た格子戸や櫺子《れんじ》窓、それに黒板塀が見え、また、路地を挟んで向かい合う長屋風の家が横腹を見せているところもあった。

大寺の山門のすぐ先の一筋東側の通りは花街であった。無論、時節柄、嬌声や管絃の音が漏れることもなく、そのあたりはいつも人気《ひとけ》がなく森閑としていた。

門廻りの帰りの道筋にでもあたるのか、初夏になると、時折、日没時分に吉次が家の前を通った。いつでも大寺の山門の下の染物屋の角にふっと現れ、どこかで輪廻しの甲高い音ばかりがカラカラ鳴り響くほとんど人通りのない道を、夕焼け空を背に自分の影を踏みしめるようにして通り過ぎてゆく。

ときには橙色の眩いばかりの夕映えのせいで、綴れが金糸をふんだんに織り込んだ錦に見紛うほどに輝き、ときには不吉なほど真赤に焼け爛れた夕焼けの照り返しで、つぎはぎのほつれが燃え立つように見えることもあった。どこからともなくおびただしい蝙蝠が湧き出して目まぐるしく飛び交い、吉次の頭上に点々と四分休止符を散らした。

何かの影に足を踏み入れるたびに吉次のうしろ姿は急にぼやけ、頭や手足の輪郭を一足早い夕闇に溶かし、着物だけがところどころ青白く宙に浮かんで漂って行く。溶けたり固まったりしながら吉次は清閑院の前を通り過ぎ、やがて、どこかの角でふっと消えてしまう。

当時、新宮は吉次の他にもまだ何人かの乞食を養っていた。その中には吉次に匹敵するような名だたる者もいたかも知れないが、今ではその面々の名も顔形も憶えていない。

石垣沿いの道を乞食が通りかかると、私たちは囃し立ててからかった。中には怒り出し、菰を振りかざして追いかけてくる者もいた。そうなると尚更面白がってなぶりものにした。

悪童連は追われると路地に駆け込み、裏木戸や竹垣の破れ目からよその庭へ闖入《ちんにゅう》し、思いもよらぬ所から表の道へとび出してくる。掴まりそうになれば、防火用水の桶を踏台にして所構わず屏を乗り越える。そんなときには、おかみさんのけたたましい叫び声があがった。

追いつめられる体を装い、さっと石垣に攀じ登る手もあった。二寺の石垣の境目に水道管のようなものが垂直に伸びていて、これが絶好の手掛りになったし、常日頃、登り慣れた石垣の隙間や石のでっぱり具合は身体で覚え込んでいたから、手足の配りがおのずと定まり難なく攀じ登ることができるのである。しかし、このような華々しい活躍をするのは年嵩の子供たちであって、私のような小さいものは大抵大事をとってすぐに家の中へ逃げ込んだ。

子供は易々と掴まらないし、あまり熱心に追いまわして下手なことをすれば後々の生業に響くから、この鬼ごっこはもう一つ本気になり切れない鬼が切歯扼腕し、罵詈雑言を吐き散らしながらも、ほどほどのところで諦めてお仕舞になる。

ところが、同じ乞食でありながら、吉次だけは別格であった。市中の子供たちの間には、「吉次五十三次やあい、やあい」と囃し立てる向きも無いではなかったが、私たちは絶対にそんな真似はしなかった。

夕暮れに吉次が現れると、遊び足らずにまだ表に残っている子供たちは、道の片隅や石垣の上からじっと彼を見詰め、黙ってそのうしろ姿を見送った。たまたま犬がまつわりついたり、物好きが肝試しをするように、「吉次」と叫びざま脇を駆け抜けることがあっても、吉次は畦道にとび出す蝗《いなご》ほどにも思わぬ様子で、腕組みしたまま俯き加減に黙々と歩み去った。

「列仙伝」や「捜神記」には、漢の時代、長安の渭橋の下に住みついた陰生なる乞食の話が出ている。陰生は物乞いしながら市中をうろついた。長安の人々はこの薄汚い小僧を快く思わず、初めのうちは汚物をひっかけたりして追い払っていた。

そのうち彼の様子や振舞に世の常ならぬものを感じて、人々はこれを怪しみ、遂に殺そうとするに至った。陰生は逸早く姿をくらました。ところが、その後、彼にひどい仕打ちをした人の家がことごとく倒壊し、爾後、「乞食を見たら美味い酒をやりな、家をぶっこわされちゃ堪らない」というような俗謡がはやったという。

吉次がこのような類の怪異をあらわすとは誰も思っていなかった。彼は物静かであったし、それに決して走らないと教えられていたから、大入道のようなその異形もさして恐ろしくなかった。ただ、私たちは彼に一目置いていた。そこには子供たちが象や犀を見るときの感嘆のまなざしに似たものが含まれていたかも知れないが、やはり彼が薄気味悪かったのである。

吉次について、あれは少し足りないのだとか、昔は名の知られた秀才であったとか、実は金持の材木商の息子なのだが何故か家を出て乞食をしているとかいう風聞が判じ難く入り混って耳に入り、彼の風貌を一層得体の知れぬものにしていた。しかし、何よりも不気味であったのは、彼が周囲の人間とまるっきり違っているように思えたことである。

子供たちの悪戯、追いつ追われつ足もとでもつれあう犬、けたたましい音をたてて転がっていく輪廻しの輪、母親の鋭い叱責に声を張りあげて大泣きに泣く子、窓辺のラジオが喚きたてる臨時ニュース、普通なら誰しも関心を示すような路上のあらゆる出来事を一切無視して、吉次の動かぬ目はいつも私たちに見えない別の世界を覗き込んでいるように見えた。彼は私たちにとって、まったく勝手の違う不可解な人物であった。だから、いくら構っても反応がなく、一向張り合いがないのに、何となく気になって、異様な雰囲気を漂わせて歩み去る吉次の姿を飽きもせず、ただじっと見送っていた。

秋になって、まだ空襲こそないものの、市中には切迫した気配が漂いはじめ、学校で連日繰り返される空襲に備えた様々な訓練にも一段と熱がこもるようになった。門前の通りに乞食を見掛けることもなくなり、吉次もしばらく姿を見せなかった。

ある日、日没にまだ少し間のある頃であった。外はまだ明るいというのに遊び仲間は早々に姿を消し、石垣沿いの道はひっそりとして無闇に長く伸びていた。所在無しに清閑院の門前に一人佇んでいたら、久し振りに吉次が通りかかった。

いつになく早い時刻である。二、三間先まで近づいたとき、俯き加減に正面を見据えていた大きな目玉が一瞬こちらを見てぎらっと光った。それればかりか、目の前を通り過ぎる際、二言三言何か呟いた。吉次が唖だとは思わなかったけれど、ものを言うところを見たことがなかったので、まるで牛が口を利いたようにびっくりした。

五、六歩行き過ぎてから、吉次はふと立ち停まり、一旦踵を返す素振りを見せ、また思い直したように歩き出した。歩くたびに、尻のほつれてささくれた藁草履がひたひたと鳴り、襟元のつぎはぎの一箇所大きく綻びたところが、まるで青い蝶がうなじにまつわりつくようにひらひらと舞った。肩車に丁度よさそうな首や肩のあたりをぼんやり眺めているうちに全身の力が抜けてゆき、吸い寄せられるように、いつの間にか吉次の後を追っていた。

清閑院の少し先で吉次は右へ折れた。建て込んだ家の奥から、時折物の触れ合う微かな音が聞こえたり、夕飯の菜を煮る匂いが漂ってきたりする以外に人の気配はなく、吉次の足音だけが小気味よく通りに響いた。

それから更に左へ曲がり、砂利道を通って、間もなく速玉神社の大鳥居の前に出た。そこで吉次はちょっと足を停めた。そして腕組みしたまま道の真中に突っ立って、ぷうっぷうっと大きな息を二度空に向かって吹きかけた。すると奇妙なことが起こった。急に金色の微粒子があたり一面に立ちこめたようになり、周囲の景色が金色の濃密な空気に浸されて鈍い光を放ち始めた。

吉次は何事もなかったように速玉神社の表参道を横切り、黄色に染まった家並みの間をまっすぐ川の方へ歩き始めた。それから川の手前で右へ折れ、舟町筋を下って行った。

　忙しげな足取りでまばらに行き交う人々の顔も黄色味を帯びて鈍く光り、どの顔も同じように見えた。その中に吉次のうしろ姿だけが青く浮き出ていた。すでに追跡することと自体が面白くなっていた。次に吉次がどんなことをやらかすのか、とわくわくしながら後をつけて行った。

　やがて吉次は大橋に出た。対岸は三重県である。川向こうは私たちの領分ではない。しかし、橋を渡り、川沿いの道をしばらく下って行くと、大きな木が水面に影を落としている瀞場に出る。そこには小さな桟橋があり、舟がもやってあった。

　岸辺や桟橋から澄み切った水の中を覗き込むと、小魚が泳ぎまわり、かなり深い水の底にゴリがへばりついているのもよく見えた。そこへは仲間と連れ立って二、三度魚を見に行ったことがある。だから川向こうでも、そのあたりだけは縄張り内のような気がしていた。

　右へ折れてくれるといいが、と思いつつ長い橋を渡った。橋の上は意外なほど明るく、川風もほとんどなく、熊野川の川波は鈍く黄色に光っていた。

　橋を渡ると、吉次はそのまま川を背にして山の方へ向かった。山裾の小高いところに川上から山に沿って大きく北東の方へ曲がって行く道が見えている。多分鵜殿の浜へ通じる道だろうと思った。そこから先はまったく知らない土地である。もう帰らなくてはならない。

橋の袂で遠ざかる吉次を見詰めているうちに段々まわりの景色がかすんできた。吉次の青い背中だけが妙にくっきり浮き出し、おまけに聞こえる筈のない藁草履の足音が歩調をとるように耳の中で鳴り出した。またひとりでに足がふらふら動き始めた。

初めのうちは右手に人家が見えていた。そのうち段々視界がせばまり、いつしか片側に細長い畑が切れ切れに続く山道に入っていた。吉次の足取りは次第に早くなった。小走りに追いかけているのに、一旦小さくなった、そのうしろ姿は一向大きくならなかった。

もう面白くも何ともない。吉次を見失ったらどうしてよいか判らなくなるような気がした。そうなるのが恐ろしくて、吉次が曲がり角に消えるたびに下駄の音を響かせて走った。早く結着がつけばよいと思うが、それでいて、どんな風に結着がつけばよいのかまるっきり見当がつかない。

途中で鍬を担いだ婆さんに出会った。擦れ違うとき、婆さんは立ち止まって声をかけ、擦れ違ってからもしきりに大声で何か叫んでいたが、そんなものにかかずらわっている暇はなかった。

吉次は振り返る素振りさえ見せず、いつもの見慣れた姿勢で歩き続けた。そのうちあたりが暗くなり吉次の頭や手足が滲んだようになって、背中も見えにくくなってきた。

道が弓なりになったところを走り抜けたら突然目の前が真っ暗になり、そのあまりの暗さに思わず立ち停まった。はっとした拍子にまわりの景色がはっきり焦点を結んだ。左手には険しい山の斜面が続き、右手はいつの間にか畑が消えて、道端には丈の高い芒《すすき》が生い茂り、その上に雑木の木立が覆い被さるように枝を伸ばしている。前方を黒々と大きな山の尾が遮っていて、正面の一箇所鋭く切れ込んだところが切り通しになっているらしい。吉次は真っ暗な裂け目の中へ粛々と入って行った。

切り通しがまっすぐついていないのか出口が見えない。恐る恐る入り口の方へ近づいて行ったが、それでも見えないので、途中から芒の茂みに入り込んで斜めに中を透かして見た。遠くに縦長の空間が見えた。そこだけは、すでに暗い灰色に変わっている空の色とは劃然と違って紺青に薄墨を刷いたような明るいとも暗いとも何とも名状しがたい、しかも澄んだ感じの奇妙な色合いになっている。その空間の下の方に、真黒な影がむくむく動いていた。

切り通しの中から吹き出してくる風は強い潮の香を含んでいた。奥の方から伝わってくる風の鈍い唸りに混じって遠い微かな海鳴りの音を聞いたような気がした。

突然、中でゆらめいていた黒い影がふくれあがった。暗い靄が切り通しの中程に立ちこめて真っ暗になったかと見る間に、それは無数の微小な黒点に変じて一箇所に蝟集しはじめ、蚊柱のようにうごめきながら宙に浮かんだ。吉次のほかに何かいるらしい。

はてな、と思って目を凝らすと、黒点の群が急に四方八方へ飛び散って、中から砲弾に似たものが次々にとび出してきた。時折ほの白い閃光をまじえて砲弾の如きものが飛び交うたびに、黒点の群は離合集散をくり返しながら次第にこちらへ迫ってきた。

近づくにつれ、目まぐるしく錯綜している朦朧としたおびただしい黒点の形が徐々にはっきりしてきた。みんな細長い恰好をしている。下の方の暗がりにも、座布団のようなものがへりをひらひら波打たせて隠れているらしい。風の唸りが一段と高まってきた。

とうとう切り通しの入口まで押し寄せてきた群は、あわや外へとび出すかに見えたとき、一瞬きらりと光って一斉に身を翻した。その後から、先の尖った太い丸太に似たものが次々と二股に開いた尾をあおって優美に身をくねらせ、白い腹を見せて宙返りした。続いて縁がびらびらした大きな白い菱形のものが、幾つか、ぼんやり浮きあがり、いやらしい顔をちらっと見せ、鞭に似た長い尾を半円に撓わせてゆらりと反転した。

それらはみんな一団となって見る見る遠ざかって行き、やがて黒い塊の中に吸い込まれてしまった。一瞬、切り通しの出口に吉次のかっちりした小さなうしろ姿が現われ、足のほうから青黒い空間の中へ、吸い込まれるように、すうっと消え失せた。

切り通しの中にいたものは、どう考えても魚の形をしていた。それ以外に考えようがなかった。

気味の悪い唸りをあげて、切り通しの中から潮の香を含んだ冷たい風が吹き出してきた。あそこは海の底だと思いついた途端、総毛立った。慌てて道へとび出した拍子に草に足をとられてつんのめった。ひどく疲れている上に、膝が痛くてすぐには起ち上がれない。四つん這いになったまま、そっと膝をもちあげて見ると、左の膝小僧から大きな血玉が噴き出した。

切り通しの中がごおっと鳴った。膝の痛みも疲れも消し飛んだ。跳ね起きて、白っぽく浮き出た道を一目散に無我夢中で駆け戻った。走っても走っても大橋は見えなかった。うしろから大波が押し寄せてくるような気がして、一本道を駆けに駆けた。

西洋乞食譚

大分前の話である。いささか思うところがあって勤めをやめ、僅かばかりの金を掻き集めてヨーロッパへ渡った。

パリに着いて、ひとまずサン・ジェルマン・デ・プレの裏通りに宿を定め、荷物を放り込んで、すぐに日暮れの街へ勇んで出陣した。

歳月の汚れが染みついてすっかりくすんだ裏通りに、あまり身なりのぱっとしない種々雑多な人間がひしめき合い、あちこちで狭い歩道からはみ出しながら影絵のように流れていた。雰囲気としては悪くない。十歩も歩いたら何の抵抗もなく影絵の中に溶け込んだ。

それから一分と経たぬうちに反対側の歩道に汚い菜っ葉服の変ちきりんな男が現れた。大声でお題目の如きものを唱えている。男は車の流れを停めて車道を斜めに渡ってきた。空を仰いだまま、左右にふらりふらりと頭を振って操り人形のような足取りで真直ぐにこちらへやって来る。

ぶつかる恐れがあるので、歩道の端から建物の方へ身を寄せて歩調を早めた。すると男は急に進路を変え、人混みを掻き分けて私の正面に立ちはだかった。恐ろしく背が高い。顔の形はヘチマに似ている。男はにゅっと手を出して一段と声を張りあげた。

とっさには判らなかったが、「二十サンチームくれ」という文句を変な節をつけて切れ目なく繰り返しているらしい。

頭を振って行き過ぎようとしたら、よろける振りをして通せん坊をする。擦り抜けようとしても、上体を左右に曲げて上手に機先を制する。安酒の臭いをぷんぷんさせて、垢だらけの曖昧な顔がろくろ首のように右に左に迫ってくるので大いに閉口した。

突然、二つの顔の僅かな隙間に別の顔が割り込んできた。険しい目に漆黒の長い眉、太い鼻柱の下に一文字に結んだ大きな口、踵まであるゆったりした濃紺の着物を着て買物籠をさげた四十がらみのおかみさんが傍に立っていた。何もかもが四角くて分厚く、蹴っても叩いても毀れる気遣いのない頑丈なつくりにできている。くすぐってもくすりともしそうにない。よそ事ながら、ちらっとおかみさんの亭主のことを思った。他人のことはいざ知らず、やはり細君は、くすぐったら身をよじって笑ってくれなくては困る。

おかみさんは一言も口を利かず、首だけをぐいと突き出して、男の顔をまともに睨《ね》め上げた。傍で見ている私が思わず震えあがるほど冷ややかな恐ろしい目つきであった。誰だってこんな恐ろしい顔で睨みつけられたらひとたまりもない。男はあたふたと逃げて行った。目をつぶってならキスをも辞せぬ気持ちでお礼を言ったら、恐ろしい顔がその儘こちらを向いた、一旦そんな顔をすると急ににこやかになれないのか、それとも、元々そんな顔なのか、それは知らない。私もあわてて逃げ出した。

これが異国で最初に出くわした乞食である。このとき少々気になったのは、この男が毛色の様々に違う大勢の中から私に目星をつけて近寄って来た節があったことである。誤解を招くといけないから念のために言っておくと、滞欧中、私は特定の場合を除き、大抵色の褪せた緑の作業衣に同系色のズボンという恰好で押し通した。

この風体が人の目にどう映ったかは幾つかの事例からおよその察しがつく。ベトナム和平会議が行われていたクレベール街の国際会議場の前では、ジャングルから出てきたばかりの南ベトナム解放戦線の兵士に間違えられ、ビン婦人の人気にあやかって大いに歓待された。オスロでは行きずりの日本人の老夫婦から婉曲な言いまわしで施しの申し出を受けたこともある。そのときは、もちろん気色ばんだりせず、手を出して掌に山盛一杯の小銭を有難く頂戴した。身なりはみすぼらしく、顔の方も長者の相とは縁遠いにもかかわらず、パリ到着早々に出会った乞食を皮切りに、どういうものか私の前におびただしい手が差し出された。その中には忘れ難い手もある。

ある日の夕方、所用があってグラン・ブールヴァールを通りかかると、季節外れの黒っぽい三つ揃いを着用した人品卑しからぬ小柄な老人に呼びとめられた。老人は急き込んで言った。

「失礼じゃが、小銭の持ち合わせはありませんかな、小銭ですぞ」

老人は白く乾いた小さな手を出しながら、ちょっと顎を横にしゃくった。そこにはバーやカフェが並んでいて、明るいカフェの奥に電話室が見えた。

「どうしても小銭が要るのじゃが、小銭が」

「あいにく小銭を切らしていまして……大きいのしかないなあ」

「大きいのしかねぇ、そうか、小銭はないか、そりゃ間が悪かった。大きいのじゃしようがないな……今度お目にかかるときは、ぜひ小銭を用意しておいて下さいよ。アペリチフを一杯やらにゃならんので」

通りがかりの人がみんな笑いだした。老人は一揖《いちゆう》して去って行った。ポケットを探してみたけれど、本当に硬貨の持ち合わせがなく誠に残念であった。ひるがえって考えるに、電話をかけるには店でジュトンを買わなければならないから、小銭は要らない。老人が消えてから、こういう役者には観客が金を払うのが筋だと思った。しかし、こんなのは例外であって、乞食にかかわり合うと不愉快なことが多い。中にははなはだ怪しからん奴もいる。

夏の盛りの頃、どこかへ出掛けての帰途、シャルトルで汽車を降りて大聖堂を訪ねた。午後の強い日差しを受けて、十二、三世紀につくられたというステンド・グラスが堂内を深い藍色に染めあげ、よくたとえに引かれる、深海の底のような雰囲気を醸し出していた。

夢の背景にはぴったりである。この背景を使ってどんな物語が送り返されてくるか判らないが、たとえ悪夢であっても、この雰囲気は何度でも味わってみる価値がある。朝の光線なら、もう少し柔らかい、やや違った味が出るかも知れないと考え、近くで安宿を探して一泊することにした。

翌朝、聖堂前の広場に来て、聖堂へ向かって歩いていると、横合いの花壇の向こうに青い背広を着た顔色の冴えない大男が現われた。散歩をする土地の人や三三五五大聖堂へ向かう観光客の間を縫って男はまっすぐ私の方へ歩み寄り、甲に毛の生えた大きな手を差し出した。

朝飯を食っていないから金をくれと言う。その言いぐさがひどく理屈っぽい。話を聞いているうちに私が朝飯を食ったことが罪悪で、男が食えないのは私のせいであるようなことになってきた。どうしても私が金をやらなければいけないらしい。

論理を立てて話をするのはよいとしても、外国人が自分勝手な理屈を一方的にまくしたてる一種の屁理屈は滑稽であるし、腹が立つ。これに対抗するには、こちらの立場を理論的に話さなければならない。仕事ならその労も厭いはしないが、この場合は理屈などどうでもよいのだから、一言のもとに断ってしまえば、それで片がつく。しかし、そのとき、あいにく私はポケットの中で一フラン硬貨を握りしめていた。

前日、大聖堂の入口で、烏天狗のような顔つきの黒ずくめの婆さんがいきなり私の胸元に手を突きつけ、「われこそは神様の手先なり、恐れ入ったか」というような調子で喜捨を要求した。そんな押しつけがましいやり方をされては、喜んで金を出すどころか一銭だって出すものかと思うのが人情である。

しかし、見事なステンド・グラスを見て考えを改めた。何しろ夢の背景を仕入れたのである。異国の神様がこの異教徒の、それも動機があまり純粋でない喜捨を嘉納されるかどうか判らないが、神様御自身はさて置いて、神様の家の方にはそれなりのお家の事情があるに違いない。翌朝、婆さんの手に幾らか渡そうと心に決めていたのである。

ところが大の男があまり哀れっぽい声を出すものだから、腹を空かした者に少しでも施しをする方が神様の意に適うかも知れないと余計なことを考えた。私は手の中で暖かくなっている一フランをそっと男の手にのせた。しかるに男は一向嬉しそうな顔をしない。黙って自分の掌を眺めた挙句、ひらき直ったような目つきでこっちを見ながら掌の上で硬貨をポンポン放り上げるではないか。

不埒《ふらち》である。はなはだ気分を害した。よく見れば、ワイシャツは化繊で、ネクタイこそ締めていないが、男は作業衣姿の私より立派な身なりをしているように見える。靴もさして悪くないし、腕には時計もはめている。ただ色の悪い不精髭だらけの顔が如何にもむさくるしいのである。

一フランでは朝飯も食べられないかも知れない。だが相手に事情があるように、こちらにもこちらの心づもりがある。第一相手は手を出せば日銭が入ってくるけれど、こちらはそうはいかない。懐具合を考えれば、私だって手を出したい位である。ただ修行をしていないから、融通無礙に人前に手が出せる境地に至っていないだけである。

足りなければ、その分を他で稼げはよい。乞食には古来乞食の作法というものがある。

そこで、中心に青い模様の入ったビー玉のような目を睨んで、「有難度うは」とお礼を催促した。神様の方へまわる筈だった金を横取りしたくせに、男はまだ不服そうな顔をしながら、それでもしぶしぶ「お有難度うございい」と言った。「よろしい」と言い置いて、私は大聖堂へ向かった。その朝、烏天狗に似た婆さんの姿は見えなかった。

シャルトルの乞食は素人だったのかも知れない。玄人ならただひたすら金品を乞い、施しを受ければ多少にかかわらず礼を言う。歌も歌わず、楽器も鳴らさず、神仏の加護を祈ることもなく、純然たる物乞いだけをして、施しに対しては必ず感謝の言葉を述べるという行為を代々生業にしているうちに、由緒正しい家柄の乞食の間に乞食道とでも言うべきものが生まれてもおかしくはない。中にはその道に徹し、単純極まりない日々の行為に磨きをかけ、その極意を会得して、ついには自らを一本の手と化すことができるようになった名人もいるのではないだろうか。

秋になってからグラナダに出掛けた。その頃には、遠出をすれば、行く先々の土地で一度は深夜の街をうろつくことが習性になっていた。ある夜、宵っ張りのスペイン人もとっくに寝静まって猫の子一匹見当たらぬ街を大通りから裏通り、そのまた横道へとまるで歩き慣れた道を通うように、どこか知らないところへ向かって歩いていた。月の光は淡く、街灯のない裏通りはひどく暗い。石畳に靴音だけが重苦しく響き渡った。やがて教会の横手の狭い路地に出た。教会の側面の壁が一箇所アーチ形に穿たれ、そこが深い洞穴の入口のように見えた。壁沿いに歩いてゆき、丁度その穴の前にさしかかったとき、いきなり真暗な穴の奥から胸元に一本の手がぬっと伸びてきた。一瞬息の根が止まったかと思った。細くてしなやかな女の手のようである。思わずアーチ形の暗闇に瞳を凝らすと、背後の闇より一段と黒く、頭巾を被った人影がふっと浮かんだような気がした。しかし、すぐにその輪郭らしきものは闇に溶けてしまい、目の前には深々と静まりかえったアーチ形の暗闇があるばかりであった。

少し顔を近づけてもう一度人影が浮かんだと思われるあたりを見詰め、更に首をかしげて斜めから透かして見たけれど、錯覚だったのか何も見えなかった。嫌なことに、人の気配がまったくない。肱のあたりでふっつり切れた青白い手が掌を上にして微動もせず、まるでうっすら発光しているように薄暗い宙に浮かんでいた。

動転していたせいか、掌に金をのせて、手を消してしまうことさえ思いつかなかった。その手は匕首《あいくち》のように鋭く、今にも心臓に突き刺さりそうな気配を見せていた。手の先をたどってゆけば、すぐ傍らに誰かいる筈であるが、ひょっとすると誰もいないかも知れない。もし誰もいなければ困ったことになる。

闇をつけば、誰かいても、いなくても、どうせ碌なことにならないであろう。胸元に突きつけられた手と暗闇を交互に見詰めているうちに気分が悪くなってきた。さり気なくその手をよけて、後も見ず、大急ぎでその場を立ち去った。胸の動悸がグラナダ中に響き渡るようであった。

段々と出くわす乞食のたちが悪くなってきた。

既に十月も半ばを過ぎた、ある晴れた日の昼下がり、私はリュクサンブール庭園にやって来た。サン・ミッシェル大通りから入って、木立の間を走る広い道を通り抜け、テラスに出た。テラスに立てば、下に広がる庭園の中央部を一望のもとに見渡すことができる。目の前に大泉水、右手には現在のフランス上院となっているリュクサンブール宮殿、左の方には花壇が続いている。一段低くなった中央部を挟んで向こう側にも同じようなテラスがある。その背後の木立は黄葉した樹木や常磐木にところどころ紅葉が混じり、空気が澄み切っているせいか遠くの木の葉が一枚一枚見分けられるほどはっきり見え、色鮮やかな細密画の大画面を見ているような気がした。

木立の左の遥か後方にはモンパルナスの高層ビルが一本、出来立ての墓石のように白々と突っ立っている。夏の間、大泉水のまわりに響いていた子供たちの喚声はもはや聞こえず、子供を乗せて園内を闊歩していたロバの姿もなく、まばらな人影も椅子に座ったまま動こうとしない。人気《ひとけ》の少ないフランス式庭園は刈りたての頭に似てどことなくうすら寒い感じがする。パリの真中にぽっかり開いた大きな穴のように広大な庭園は静寂に包まれていた。

テラスに沿って右へ行けば、北東の隅にメディシスの泉があり、泉の傍には座り慣れた椅子がある。二、三日前、いつもの椅子で一休みして、さて帰ろうと思ったとき、運悪く不意に料金集めの男がまわって来た。座ってすぐ集金に来るのは仕方がないけれど、立つ間際に金を払うのは業腹で、何だか損をしたような気がした。そこでテラスから少し引返し、道の両側に並んでいるベンチの一つに腰をおろした。ベンチは無料である。

空気はかなり冷たいが、日当たりのよいベンチに座っていれば寒さは感じないし、昼食の際に飲んだ葡萄酒の酔いもまだ少し残っている。道の両側のマロニエの木立から舞い落ちる黄色い枯葉が風に乗ってゆるやかに飛んでくる。木立の中にあるカフェの屋外にしつらえたテーブルと椅子に時折マロニエの実が落ちて、カチ、カチと鋭い音をたてた。

サン・ミシェル大通りから鈍いざわめきが伝わってくる。少し眠気を催してきた頭の中に昼間に見た光景が浮かんできた。

午前中一世紀以上も前に物故したある作家にならって、サン・トゥスターシュ聖堂から植物園まで歩き、そこで河馬を見ようとしたが、動物のいる一郭は門が閉まっていた。植物園からリュクサンブール庭園へ歩いて来る途中、繁華な四辻に出た。辻の中央のロータリーのようなところがちっぽけな公園になっている。公園と言っても真中に噴水、その周辺にベンチが置いてあるだけである。その、周辺は食料品店が軒を連ね、買物客でごった返しているのに、中央の公園だけがひっそりと静まりかえっていた。そこは十人近い乞食の一団に占領されていたのである。

乞食はめいめい片手に棒パンを握りしめ、葡萄酒の瓶を抱えていた。中に一人だけ例外がいて、手にグラスとハンカチだけをもっていた。それは意外に小ざっぱりした婆さん乞食で、背筋をぴんと伸ばし、左右にこれまた少々ましな身なりの爺さん乞食を数人侍らせていた。爺さんたちは鳥のような顔の婆さんに代わる代わる酒やサラミやパンを勧めていた。うやうやしく給仕に専念する爺さんたちを婆さんは顎であしらっていた。他の若輩の乞食たちは隅っこに小さく一かたまりになって黙々と食事をしていた。婆さんは大層な勢力をもった乞食の頭目のように見えた。

アメリカには富豪の乞食がいるという新聞記事を読んだことがある。書物に出てくるロンドンやパリの名物乞食の話が次々に浮かんできた。一概に乞食と言っても色々凄いのがいるから油断はできない。それにしても、辻公園にたむろしていた連中は一目でそれと判るいさぎよい恰好をした乞食らしい乞食であった。それに引き換え私に近づいて来たのはあまり素性のはっきりしない者ばかりであった。考えてみれば、本職の乞食は私など相手にしなかったのである。

ふとあたりを見回すと、道の両側に並んだベンチはどれもほとんど塞がり、テラスにもかなり大勢の人が立っていた。あちこちに金回りの良さそうな日本人も散らばっている。それを見たら考えが変な方へ向きそうになったので、あわてて目を逸らした。懐中は日増しに乏しくなっている。いずれ帰国しなければならない。その件は帰る日が来るまで考えたくない。乞食のことを考えているとき、文なしになって帰ってからのことを思い浮かべたりしたら、碌でもないことしか連想しないに決まっている。やり場のない視線をひとまず遠くへ向けた。

宮殿とは反対の方向にあたるオーギュスト・コント通りの方から、テラスに沿って青い人影がやって来るのが見えた。その歩き方には際立った特徴があった。しぼり切ったぼろぼろの青い雑巾が風に吹かれてふわふわとばされているようであった。目の前を日本人の一団が通り過ぎた。好ましくない連想を封じるために、俯いて乞食の昼食のあたりまで頭の中で逆戻りすることにした。程なくテラスの方から乾いた足音が近付いてきた。足音は次第に大きくなり、地面を見ている私の視野に青いズボンと素足にはいた、くたびれた焦茶色の靴が入ってきてぴたりと停まった。

「今日は」と頭の上で声がした。ネクタイなしのワイシャツにぺらぺらの青い背広を着た寒そうな小男が一生懸命愛想笑いをしながら立っていた。髪と瞳は黒、顔色は病的に青白く、それが薄汚れてすすけたように見える。目鼻立ちはくっきりしているが、顔の造作は全体に真中に寄り過ぎて、くしゃくしゃした印象を与える。日頃見慣れている西ヨーロッパの人間とはどこか違っているし、インド人でもアラブ人でもないらしい。男はにゅっと手を出した。しかし、その手は私の前を素通りしてテラスの方を指差した。

「彼女を御存知ですか」

指の先に女の姿はなかった。どうやらその指はテラスから大泉水に降りる階段の脇に立っている台座の上の像を指しているらしい。無論そんなものを知る訳がない。

「彼女はパリの守護聖女ジュヌヴィエーヴです」

「ジュヌヴィエーヴ……アッチラがパリを攻めたときの……」

この誘い水が悪かった。男は途中で話を引き取って、嬉しそうな顔をしながら滔々と弁じ始めた。話は聖女だけで済まず、それに関連して近くサン・テチエンヌ・デュ・モン教会の歴史、更にその建築様式へと移っていった。なかなか博識らしい。しかし、残念ながら、小むずかしいことばかり言うので内容はさっぱり判らない。いい加減に聞き流しているうちに、ふと気がつくと、どこでどう乗り換えたのか、男はどうやら聖ドニの話をしているようであった。

何が何だか判らないことをひとしきり話し終えると男は私の目をじっと見詰め、おずおずと手を出して言った。

「少し金をくれないか」

それを聞いた瞬間、何だか裏切られたような気がして、かっとなった。それから、景気のよさそうな人がまわりに大勢いるのに、選りに選って一目で金がないと判るこの私にどうして手を出すのかと腹を立てた。

私は立ち上がって語気鋭く答えた。

「駄目だ」

「駄目か、本当に駄目か」

男は決まり悪そうに小声で念を押してから、あっさり手をひっこめ、さようならと言いながら改めて手を差し出した。今度は握手の構えである。つられてその手を握った途端、ひゃっとした。ひからびたその手は到底血が通っているとは思えないほど冷たかった。

男はテラスの方へ引き返し、右に曲がってゆっくり消えた。そのうしろ姿はひどく不安定であった。それを見ていたら何故か急に不安になってきた。男の手の感触がまだ掌に残っていた。泣き笑いに似た表情が脳裏にありありと蘇り、それがどちらか一方へ大きく崩れそうになった。何日も飯を食っていないのかも知れない。追いかけて行って金をやるのは実際には難しい。しかし、何となく放ってはおけないような気がした。

男は少し前のめりになって惰性で歩を運んでいた。宮殿の脇を風に吹かれてふわふわ通り抜け、門を出てヴォージラール通りの歩道の縁に立ち停まり、行き交う車をしばらくぼんやり眺めていた。そのうち、束の間、車の流れが完全に跡切れた。男は車道に踏み出した。見ていていらいらするほど緩慢な足取りである。うなじを垂れ、しかも真直ぐ渡らずにどんどん左の方へ逸れていく。手前の車線に車の来る気配はない。しかし向こう側の車線の後方には信号が変わって真先にとび出した車が速度を徐々にあげ、エンジンの音を響かせて迫っている。

男はその自動車の方を振り返りもせず、道の真中に立ち停まった。それからゆっくり向きを変え、今度は真直ぐにこちらの歩道へ戻り始めた。そして、二、三歩戻ったところで急に我に帰ったように顔をあげてあたりを見回した。ところがこちらを見た途端、その目に狼狽の色が浮かび、視線を釘づけにしたままよたよたと後ずさりしはじめた。その顔はまた一所懸命に笑おうとしていた。

鋭いブレーキの音が響いた。男は自動車の方へ向き直り、放心したような目を空に向け、掌を上にして両手を前に差し上げ、そのまま腰を落としながら、またちらっとこちらを向いた。その顔は笑っているようにも見えた。一瞬の出来事であった。次の瞬間、重苦しい鈍い音がして、海老のように曲がった青い塊が宙をとんだ。大分先の方に、後頭部を歩道のへりにのせ、手足を不自然に捩じ曲げた青い塊が転がっていた。

そこを更に行き過ぎて急停止した赤いセダンから三人の若者がはじけるようにとび出した。前の扉から降りた二人が男の傍に駆け寄った。後ろの座席にいた白いセーターの顎鬚を生やした若者は、どこからともなく湧いてくる野次馬に途惑った様子で、のろのろと仲間の後を追いながら、どうしようもなかったのだと言いたげに両手をひろげ、肩をすくめて見せた。

左手の遠くの方で鋭い呼子が鳴った。上院の正門に詰めている警官が二人、三人と駆けて来る。すべての車が停止して静かになった道路に警官の靴音だけが重々しく響いた。半ば夢を見ているような心持ちで私は再び庭園の中に入った。

無意識に今し方来た道を戻ったらしい。ふと気がつくと、私はまた元のベンチに座っていた。先ほどまで人で埋まっていた周囲のベンチはほとんど空き、テラスを急ぎ足で通り抜けてゆく四、五人のほかは、歩いている人の姿もない。気持が落ち着くにつれ、何とも言えない嫌な気分になってきた。男の奇妙な顔が眼底にこびりついていた。その顔は泣き出すようにも、うすら笑いを浮かべているようにも見えた。

こんなことになったのは、男が私に声をかけたことに端を発している。私の顔には乞食の琴線に触れるような相が出ているのだろうか。それとも私をちょっとましな兄弟分だと思って気安く手を出したのだろうか。それよりも判らないのはそこから先である。こちらを見て逃げ出すように後ずさりしたのは何故だろう。私のせいだとは思いたくない。逃げ出す理由は何もない。多少気まずい思いをしたとしても、あの反応はあまりにも大袈裟だし、どことなくわざとらしいところさえある。

次から次へ疑念が湧いてきたが、はかばかしい答えは出てこなかった。いずれにしても少し金をやっていれば、あの男は死なずに済んだかも知れないし、男の後ろからのこのこついていくこともなかったであろう。だが、今更くよくよ考えたところで、起こってしまったことはどうにもならない。とにかく早く忘れようと思った。

しかし、男の顔は増々気味の悪い奇妙な相になって、しつこく脳裏に浮かんできた。

突然、日が翳った。見上げると、上空の低くもなく、かと言ってさして高くもないところを紫色を帯びた灰色の雲の塊が三つ四つわらわらと走っていた。ゆるい角度で斜めに落ちたそれらの影が庭園のそこここを流れるように横切っていて、その一つが私の坐っているベンチのあたりを通過していた。

風が出てきた。人影のないテラスでマロニエの枯葉がゆっくり渦を巻いた。ヴォージラール通りの方から臙脂のワンピースを着た若い女が紺の幌のついた乳母車を押して現れ、足速にテラスを通り過ぎた。乳母車の中からびっくりするほど小さな真白な手が出て、おいでおいでをした。枯葉が音をたてて一斉に乳母車を追い、突然ぴたりと止まった。

オーギュスト・コント通りの出口の方へ遠ざかる乳母車が段々小さくなって行くのをぼんやり見送っているうちに、目の隅で何かがちらちらしはじめた。しかと見定めぬうちから見たくないと思ったが、どうしても目が離せない。青い人影が臙脂の人影とすれ違ってふわふわとんで来た。その姿にも歩き方にも見覚えがあった。錯覚かも知れない。青い人影は次第に近づいてきた。その顔が段々はっきりして、そこに一瞬表情らしきものが浮かんでくずれたとき、私はやにわにがらんとした庭園の道をサン・ミッシェル大通りに向かって走り出した。

サン・ジャック街の蛸

サン・ミシェル大通りからスフロに入り、すぐ右へ折れてサン・ジャック街をしばらく行くと、ゲイ・リュサック街と交わる四辻に出る。その手前の左の角に、通りに面した間口の狭い屋並の中では目立って大きな古めかしい建物が建っている。しばしばその前を往来したが、長い間そんなものは眼中になかった。

サン・ジャック通りはその起源をローマ時代までさかのぼる由緒ある往時の本街道であるが、今では日陰の裏通りになり果てている。もともと、その建物の傍にある中華料理へ行くのでもなければ、通りに足を踏み入れる必要はなかった。ゲイ・リュサック街へ出るには大通りを歩いた方が近道なのである。ところが無意識の中に魚道のようなものが出来てしまったらしく、いつも知らぬ間に、この薄汚い狭苦しい道筋を辿っているのであった。

暮春のパリに到着して間もない頃、一時、ゲイ・リュサック街の安宿の、そのまた一番安い便所脇の穴のような部屋にもぐり込んでいたことがある。たまたま近くにこぢんまりしたレストランがあったので、便宜上、そこへ足繁く通うようになった。

小さなドアを開けて店に入ると、五、六坪のほぼ真四角なフロアーの中央に、縦に一本低い仕切りが入っていて、その両側にテーブルと椅子がそれぞれ二列になってきっちり収まっている。調理場は右手の奥まったところにあり、そこへ通じる通路の右側がバーになっている。

私はいつも仕切りの左側の一番奥のどちらかの席に坐ることにしていた。少し時間をずらして行けば、大抵自分の席に坐ることができた。夜はほとんどが馴染み客らしく、しょっちゅう顔をあわせる客も何組かあった。

店は三十前の見るからに色艶のよいマダムがテキパキと一人で切り回し、料理の方はその亭主と覚しき同じ年頃の男が一手に引き受けていた。

値段が値段だし、懐の都合もあるから、別段御馳走を期待した訳ではない。しかし折角通っているのだから、メニューに出ている料理を片っ端から食べて見ようと思い立った。少々値の張るものを食べた翌日は安い卵料理か何かで全体を均し、苦情を言いたげな懐を宥めた。

メニューを見ただけでは正体が判らない料理はいちいち訊ねた。すると、マダムはまず材料の説明から始める。こちらが要領を得ない顔をしていると、初めのうちは、向こうも困ったような顔をした。そして、「誰か英語で説明してあげて、スペイン語でもいいわよ」などと勝手なことを言って、すぐにまわりの人に応援を求めた。

周囲にいるのはほとんどが常連の客だから、このときとばかり大張り切りでマダムに助け舟を出す。ある者は英語のつもりらしい片言を交え、またある席ではこの言葉はスペイン語で何というかとひとしきり喧喧囂囂たる議論を戦わせた上で、私の全然知らないスペイン語を交え、みんなが口々に教えてくれるので、いよいよ以て何が何だか判らなくなってしまう。中には、ずっと離れた席から、突然、「シャンピニオンはマッシュルームのことだ」とまるっきり関わりのないことを大声で連呼し出す爺さんもいた。

質問が度重なるにつれ、マダムは説明のコツを会得したと見えて、そのうち肉の種類を説明するときには、自分の体を教材にするようにった。クルリと背を向け、上体を半ばこちらへひねって首の後ろを指差したり、腰を斜め前へ突き出して掌でポンと叩いたり、大きく腕を振って勢いをつけてから、指先を腹に突き立てるようにして内臓のありかを示したりするのであるが、その仕種が実に小気味よくピタッと決まるのである。

しなやかな体を動かす度にサラサラと流れる薄物を通して、彼女の見事な曲線が優美にくねる様を、私は感心して眺めていた。彼女の指し示すところをじっと見ていると、段々その肉料理がうまそうに思えてくる。

一方で眼福にあずかっている間に、小鳥の囀りを思わせる彼女の高く澄み切った一種独特の声が耳の中を快く通り抜けていった。こんな有様だから、いざ料理が出てくると、オヤオヤと思うこともあった。

店の雰囲気にすっかり馴染んでしまったので、しばらくしてゲイ・リュサック街の宿を引き払ってからも、くつろいだ気分でのんびり食事をしようと思うときには、このレストランを思い出してちょくちょく出向いて行った。

十一月も半ばを過ぎた頃である。久し振りにそのレストランで食事をしようと思い立ち、夜の八時を大分まわってから、いつもの道筋を辿ってサン・ジャック街に入った。

一歩踏み込んだ途端、街路の底に分厚く溜っていた一段と厳しい寒気が全身をすっぽりと包み込んだ。左側に連なる建物の上部は淡い光にぼんやり照らされているものの、通りはまるでトンネルのように薄暗く、いつも左手にポツンと見える中華料理店の赤い灯影さえ見当たらない。

時折、思い出したように車が短い列をつくって通り過ぎた。ヘッドライトに照らされて束の間明るく浮かびあがった街並は、また一刷毛で黒く塗りつぶされ、車の走り去った後は物暗さが一層深まるようであった。松葉のように寄り添っているらしい定かならぬ影が遥か先の方でうごめいているほかは、通りに人の姿はなかった。ゲイ・リュサック街の近くまでやって来たときには、薄闇の中に体が徐々に溶け出して行くような心持になっていた。

足元が大分明るくなった四辻のちょっと手前で、通りを左へ渡ろうとして、私はふと足を停め、空を見上げた。青白い光に浮き出て見える四辻も含めて、急にあたり一帯が更に少し暗くなり、軽く頬を撫でて吹き過ぎた風にかすかな湿り気を感じたような気がしたからである。

その二、三日、天気は猫の目のように変わっていた。しかし上空には天候の急変を告げる強い風が吹いている様子はなく、ただ切れ切れの間延びした薄い黒雲がそれと目につかぬ程ゆっくりと流れているばかりであった。狭い空に月は見えず、霞んでしまって瞬きすらしない星が幾つか申し訳程度に散らばっていた。

月にかかっていた薄雲が切れたのか、すぐに頭上がまた少し明るくなった。私はびっくりした。そこに思いがけぬものを見つけたのである。

その建物は表から見ると、浅い鉤《かぎ》の手になっていて、私の真正面に見える建物の左側の部分は車が縦に駐車できるほど歩道からひっこんでいる。その中央のかなり高いところにアーチ形の入口があり、歩道と建物の間に敷きつめられた石畳からその入口まで石段がついている。

私を瞠目させたのはそのアーチ形の入口を閉ざしている鉄格子の扉であった。観音開きになるらしい二枚の扉は、それぞれ枠の中に縦五本、横三本の鉄棒を組み合わせた構造になっている。そして各扉の中心を縦に貫くひときわ太い鉄棒の中程にはめ込まれた鉄環を挟んで、二匹の大きな龍の落とし子が傍らの鉄棒に尾を絡ませ、仲良く向かい合っていたのである。二対の龍の落とし子は愛嬌者の面影を幾分とどめてはいたが、紋章風に意匠されて、なかなか堂々たる風格を見せていた。

今は何も見えない真暗な鉄格子の奥に、私は以前いかめしい木の扉を見たことを思い出した。こんなに目に立つ龍の落とし子にこれまで気づかなかったのは、昼間はこの鉄格子が左右に大きく開け放たれ、それらが裏返しになって汚れた石壁にへばりついていたからであろう。それに日が暮れると、薄暗くて狭い通りでは、犬の糞を踏んづけまいとしてどうしても注意が足許に集中する。

私は四匹の龍の落とし子をとっくりと眺めた。そのうちに、それぞれの扉の真中を貫いている太い鉄棒が槍をかたどっていることに気がついた。二本の槍が鋭く何かを突き上げている。その穂先が矢印になって指し示す方をふと見上げて、私は二度びっくりした。

アーチ形をした入口のてっぺんの半円の部分が欄間のようになっていて、そこにはめ込まれた鉄環の中に大きな蛸がいたのである。通い慣れた道の頭上にそんなものが蟠踞していようとは夢にも思わなかった。

蛸ははめ込まれた環の上端に頭をくっつけ、真中の二本の足をゆるやかに真下に下げて一旦環の下側にひっかけてから、その先端を環の外に垂らしている。そして残りの足を左右に三本ずつクネクネと波打たせ、互に交差させながら斜め下へ伸ばし、その足の先は環から大きくはみ出して、髭題目のように思い思いに撥ねている。足全体はおよそ左右対称をなしているが、足の先端の撥ね具合がそれぞれ微妙に異なっていて、それが装飾的な印象を弱め、蛸に生気を与えていた。

ポセイドンの館のようなこの奇妙な建物は一体何だろうといささか興味を覚え、改めて入口全体を注意して見回すと、鉄格子と蛸のすみかとの仕切りの部分に大きな字で何やら書いてある。その上と下の住人にすっかり目を奪われ、目に映っていた筈の文字に気づかなかったらしい。瞳を凝らしてそれを読んでいるとき、視野のどこかが一瞬モソモソと動いたような気がした。

文字は海洋科学研究所と読めた。何とは無しに納得したような気持になり、視線を蛸に戻して、はてなと思った。蛸の姿勢がどことなく前と違っている。どうやら右の三本の足が前よりかなり持ち上がり、それに見合うくらい左の三本が下がっているようであった。まるで歩きかけて急に足を止めたという恰好である。

月の光で見るものには常にどこか人を惑わすような曖昧さがつきまとう。淡い月明かりのもとで見たことを軽々に信じるべきではない。現に蛸の形がはっきり見えているようでも、足のうねり具合やその先端の撥ねている方向をしかと見極めようとすれば、版を重ねてすでに潰れかかっている活字で印刷された小さな辞書で字画の多い字を調べるときのようなもどかしさに駆られる。

目をつぶり、軽く頭を振ってから、私はもう一度蛸を見据えた。そして今度はいささか警戒するような気持になった。蛸はまるでわざと悪戯をして相手の反応を窺っているる幼い女の子のような目付きでこちらの様子を窺いながら、何か反応があれば、直ちに次の行動に移ろうとする気配を全身に漂わせていたからである。

首をひねってなおも見詰めていると環の外にはみ出している八本の足の先端が次々にぶれ出した。目につかぬほどゆっくりとくねり始めたらしい。思わず私は低く唸った。


「どうかなさいましたか」

いきなり耳もとで女の声がした。

先程からリズミカルな靴足がスフロの方から近づいて来るのを漠然と耳の端でとらえていたように思う。しかしそれは夢の中の遠くのかすかな木霊のように次元の異なるところで鳴っていた。

薄気味の悪い現実から引き剥がされて、私はまずほっとした。

突き当たりそうなところに背の高い女が立っていた。擦れ違うのに苦労するほど狭い歩道の真中に突っ立っていることに気がつき、慌てて車道に片足を踏み出した途端、ヘッドライトの光を浴びせられて目が眩んだ。

「気をつけて」

女が鋭く叫んだ。

私は急いで足をひっこめ、歩道の端に身を寄せて道をあけた。しかし彼女はそのまま行き過ぎようとはせず、いぶかしげに私の顔を覗き込んでいる。黙っていたら、彼女はまた訊ねた。

「どうかなさいましたか」

私は返答に窮した。この種のことは、うかつに口走ると碌なことはないし、それに突然水をかけられて冷静になったというより頭の中が冷え切ってしまったときに、口にするにはかなり抵抗がある。しかし彼女が答えを促すような顔をして相変わらず傍に佇んでいるので、私は仕方なく蛸を指差しながら、ボソボソ呟いた。

「あそこを見てごらんなさい。ほら、あそこにいる怪物、あれがどうも動いたような気がする」

彼女は怪訝《けげん》な面持で私の指差す方を見上げていたが、すぐ鼻にしわを寄せて声をたてずに笑った。しかしそれは一笑に付すという顔付きではなく、明らかに面白がっている表情であった。私は彼女に好感を抱いた。

先程通り過ぎた数台の自動車のヘッドライトの明かりで、彼女の姿形はかなりはっきり見てとれた。顔の形は体に比例して細長く、黒っぽい髪がふんわり肩に落ちかかっている。額は広過ぎるほど広い。一瞬明るみの中で切れ長の大きな目が表情豊かに実によく動いた。目の下には薄いそばかすがあるらしく、唇はやや肉感的である。年の頃はよく判らなかったが、少なくとも二十代の半ばを越えているに違いない。

彼女の体つきはあくまで着衣向きにできていた。痩身をネイヴィーブルーのぴったりした裾長の外套に包み、黒のブーツをはき、肩に小さなバッグを掛け、両手をポケットに突っ込んだその姿は一点の非の打ちどころもなく、そのままショーウィンドーに飾って置きたいくらいであった。

私はしばし蛸のことを忘れ、私に代わって一心に見張りをしている彼女の横顔をしげしげと眺めていた。ややあって、彼女は蛸に視線を釘付けにしたままポツリと言った。

「本当なの」

「本当だとも、足だよ」

実際には足と言いかけて腕と言い直した。大抵どこの国でも、あれは歩くのに使う訳ではないから腕と呼ぶらしい。

私達は並んで蛸を見詰めた。あたりは前より大分明るくなり、半円形の暗闇を背に奇怪な形が青白く浮き出て濡れたようにヌメヌメと鈍い光を放っている。それは今にも動き出しそうに見えて動かなかった。

寒気が足許から這いあがって来た。腹の虫がはしたなく鳴き始め、それが舌打ちしたくなるほど大きく響いた。いつまでも通りに突っ立っている訳にはいかない。彼女がここにこうして立っているそもそもの原因は私の言葉にあるにしても、これから先は彼女自身の意志である。そうは思っても、彼女を一人置去りにすることには少々ためらいを感じた。しかし、ともかく腹の虫を何とかしてやらなければならない。私は独り言のように言ってみた。

「錯覚だったんだろう、きっと」

彼女は身じろぎもせず、興味深深という顔付きで蛸を見詰めていた。私はついに今し方の自分を棚に上げて、その異常な熱心さに呆れた。

それを潮に、私はおやすみと言って彼女の傍を離れ、車道へ踏み出した。背後から上の空のおやすみが返ってきた。私はバトンタッチをしたような気持になった。

ところが、車道を渡り終えて二、三歩歩くか歩かぬうちに彼女が素っ頓狂な声をあげた。

「ちょっと待って……本当に動いたみたいよ。でもあり得ないことだわ」

彼女は聞き取れぬことをブツブツ呟きながら、靴音を響かせて車道を渡って来た。

「動いたみたい。いいえ、本当に動いたわ」

彼女はひどく大仰に興奮していた。それを見て頭の芯がどこか捩れてしまったらしい。一瞬、高がそれしきのことで大騒ぎすることはないという思いが脳裡をよぎった。それを察したかのように彼女は大きな目を剝いて私の顔を覗き込み、押し殺した声で言った。

「判っていらっしゃるの、これがどういうことだか」

私は黙って彼女を見返した。しかしその顔からは、パリの新名所の発見者たる栄誉を思っているのか、人生観にいささかの変化でも生じたのか、それとも何かまったく別のことを考えているのか、彼女の胸の中を推し量ることはできなかった。ただ彼女の目を見た途端、反射的に私はある女のことを思い出した。

その年の秋口にアテネのレストランで晩飯を食べていたときのことである。その店の魚料理は取り立てて言う程のものではなかったが、サモスかどこかそのあたりの島で産した白葡萄酒が思いがけず非常にうまく、私は満足していた。

隣の壁際の席に私と向かい合う形で三十前後のフランス人の女が一人黙々と食事をしていた。急ぎ足で通りかかった給仕が彼女の卓子の傍で何かにつまずいてつんのめった。給仕のつまずいたものが女の足であったかどうかは知らない。銀盆と水差しが床に落ち、店中に派手な音が響き渡った。

一瞬の静寂の後にあちこちから一斉に非難のこもったざわめきが起こった。するとその女がいきなり「ブラヴォー」と叫んで拍手を始めた。それに和すようにチラホラ手を叩く音が聞こえたが、すぐ尻すぼみになって止んだ。

女は執拗にブラヴォーと拍手を止めなかった。そのしつこさはウイットの範囲を遥かに越えていた。そして最後に、女は急に冷めた顔になり、私の方を見て、「賑やかな方がいいわよね」と自分自身に言い聞かせるようにポツリと言った。そのときの女のさびしげな笑いを僅かに湛えた沈んだ目の奥には、消え残った燠のように暗い異様な光が宿っていた。私はいつしか心の中で二人の女の目を重ね合わせていた。

行き掛かり上、私は再び彼女と並んで蛸を見上げる破目になった。

よく見ると、なるほど蛸の姿勢が少し変わっているようであった。先刻持ち上がったように見えた右側の三本の足が元の位置まで下がり、それに対応して左の三本も元に戻っているらしい。ただし鉄環の外にはみ出している足の先端が一斉にクルリと内側へ曲がり、完全な左右対称をなしているように見える。そのせいか、全体の恰好がどことなく窮屈になり、漁師の家の軒先にぶら下がっている日干しの蛸を思わせた。蛸は無理な姿勢をとりながら、どんなもんだと言わんばかりの得意げな目付きで私たちを見下ろしていた。

しかしそれを見ても、私はもうさして驚きはしなかった。

一つには自分の目が信じられなかったからである。見る位置が変われば、目に映る形も幾分違ってくるであろう。それに月が薄雲に入ったり顔を出したりしているらしく、あたりが小刻みに暗くなったり明るくなったりしていた。その都度、蛸は暗く霞んだり、青白く浮き上がったりして、見詰めているうちに目玉がかゆくなってきた。錯覚を起こしても不思議ではない。しかし、実はそれよりも、私の頭の中に、奇妙な、あえて言葉にすれば、奴も長い間じっとしていたのだから、たまには少し位動いてもかまわないのではないかというような極めて投げ遣りな考えが漠然と広がり始めていたのである。

私はそれ以上腰を据えて蛸の様子を見届ける気にはなれなかった。空腹はほとんど耐え難いほどになっていたし、あまりぐずぐずしていると、いつも店仕舞の早い例のレストランが閉まってしまうかも知れない。そこで私はもう一度言ってみた。

「錯覚だよ」

「いいえ、動いたわよ。確かよ。でもこんなことってあるかしら……確認する必要があるわ」

ゲイ・リュサック街からかすかな足音が聞こえてきた。

「もう行かなくては……まだ晩飯を食べていないものだから」

私は要らざる言い訳まで付け加え、それから素早くまたおやすみを言った。向き直った彼女の目にははっきりと不満の色が浮かび、それが見る見るうちにこわい目付きに変わって行った。それでも彼女はしぶしぶ挨拶を返し、ポケットから両手を出して寒そうに頬に当てがった。その手には親指だけが分かれているミトンと呼ばれる型の手袋がはめられていた。

彼女の目付きが気になって、何となく立ち去りにくい気がしたが、腹の虫に急かされて私は彼女の傍を離れた。ゲイ・リュサック街に出て左へ折れるとき、ふと見返ると、彼女は彫像のような横顔を見せて凝然と佇んでいた。

レストランには閉店間際の雰囲気が漂っていた。食事を終え、すでに相当聞こし召している数人の男がバーで賑やかに談笑しながら、コニャックの杯をなめていた。食事をしている客はまばらで、それもうデザートかコーヒーに移っているらしい。

断られるかと思ったが、マダムはにこやかに注文に応じ、瞬く間に葡萄酒が、次いで湯気を立てているポタージュが運ばれてきた。ポタージュの中からほとびたニンニクの大きなかけらが現われたときには、思わず大当たりと叫びたくなった。それから先は別に急かせる様子もなく、マダムはいつも通り、私の食べる速度に合わせて料理を運んでくれる。

本来なら、ひもじい思いをさせた腹癒せに、もしメニューにあれば、蛸料理を注文するところであるが、残念ながら私は蛸を食べない。あの醜悪な形もさることながら、食べると口中に広がるほのかな昆虫の臭いが戴けないのである。

空きっ腹に飲んだ葡萄酒が五体の隅々まで染み渡り、冷え切った体が気持ちよく暖まってくるにつれて、サン・ジャック街の出来事は次第に頭から遠のいて行った。フランスにも甚五郎がいるのかも知れない等とぼんやり考えながら飲み食いしているうちに、そんなことはどうでもよくなってしまい、最後に蛸を食い入るように見詰めている女の横顔だけが脳裡にポッンと消え残った。そこへマダムが「ブルゴーニュの肉よ」と言いながら分の厚い肉の網焼きを運んできた。直ぐ様それにナイフを入れたら、切り口に血を滲ませて現われたうっすらと火の通った内部の肉の色があまりにもエロチックに見え、どきりとした途端に女の横顔も何もかも雲散霧消してしまった。

黒っぽい太い木の柱で仕切られた漆喰の壁には、そこかしこに磨きあげた種々の銅鍋や中世の僧院の炊事風景を描いた拙い色刷り版画の額が掛かっている。私はそれらを漫然と眺めながら満ち足りた気分になってゆっくり料理を平らげた。

その間に、客はマダムにおやすみを言って順繰りに抜けて行き、コニャックを一杯頼んでチーズに取りかかる頃には、店に残っているのは私一人になってしまった。

やがて仕事を終えた料理人が手を拭きながら奥から出て来て、こちらに挨拶をしてからバーでコニャックを飲み始めた。私は酒を切り上げてコーヒーを頼んだ。

マダムと料理人に見送られて私はレストランを出た。ゲイ・リュサック街はまるで海の底のように、青みを帯びた薄暗がりの中に沈んでいた。人通りは途絶え、広い車道に行き交う車もない。暖まった体に鋭い寒さが四方八方から突き刺さった。思わず身震いして歩調を早めた。突然、さして遠くないところでおもちゃのラッパのような警笛が聞こえ、次第に遠ざかって行った。

サン・ジャック街の手前まで来たとき、四辻の右の角から、陰気な足音を響かせて五、六人の男女が一団となって現われ、見る間に思い思いの方向へ散って行った。角を曲がると、スフロの方へ歩み去る人影が一つ遠くに見え、海洋科学研究所の石段の下に、まだ二人の男が立っている。どうやらそのあたりに人だかりがしていたらしい。近づいて行くと二人の話声が切れ切れに耳に入って来た。

「……ここに倒れていたんだな」

一人の男が足許を指差した。もう一人が何か言ったが聞こえなかった。

「事故かね」

「そうかも知れない。私も見ていた訳じゃないから」

「しかし、娘の倒れていた位置が……」

二人は掴みどころのない話を続けながら歩き出し、ゲイ・リュサック街の方へ去って行った。

場所が場所だけに、小耳に挟んだ話の断片が少々気になったので、歩道と石段の下の石畳を調べてみた。念入りに見たが、血痕も白墨の跡も見当らない。してみると死亡事故があった訳ではないらしい。釈然としないまま立ち去ろうとして、ふと見上げると、蛸は最初に見た通りのゆったりした姿勢に戻って澄まし顔をしていた。

歩道に出て二、三歩歩くうちに私の足は自然に止まってしまった。どこか腑に落ちないところがあった。先程長い間見詰めていたときと、どこかが違っている。私は蛸に瞳を凝らした。ほの暗い影のようなものが幕を引くように建物を覆った。

鉄環の内側は頭にも足にも異常はない。しかしよく見ると、右へ伸びている三本の足のうち、環の外へ一番遠く撥ね出している足の先に白い糸のようなものが引っ掛かっているらしい。一旦仕切りの後ろに隠れた糸の先を更に目で追って行くと、龍の落とし子の裏側に何やら白いものが仄見える。

私は石段を登り、鉄格子の中を覗き込んだ。目の前に可愛らしいミトンの白い手袋がぶら下がっていた。唖然として私は見覚えのある手袋を眺めた。一体どうしてあんな高いところに、ほどけた毛糸の端が引っ掛かったのだろう。しかも手袋は鉄格子の内側にある。裾の長い外套の下のボタンを外し、鉄格子によじ登って蛸の足に手を掛けている女の姿を私は強いて想像しようとした。

そのとき、目の前で手袋がかすかに揺れ出した。風が吹き過ぎたのであろう。突然軽い目まいを覚えた。小さく振子のように揺れている手袋がそれと判らぬ程ソロリソロリと持ち上げられてゆく。背筋に悪寒が走り、足腰の力が足の裏と尾骶骨から風船の空気が漏れるように抜けていった。上を見たが、その位置から仕切りの上は見えない。頭上でゆるゆる八本の足をくねらせている蛸の様子がありありと眼底に浮かんできた。焦点の定まらぬ目に、揺れ動く白いものがぼんやり映っている。

ふと耳許で、「どうかなさいましたか」と訊ねるかすかな女の声を聞いたような気がした。空っぽの頭の中にその声が広がった。女の横顔が浮かび上がり、それが急にこちらを向いた。真暗な眼窩の奥にこちらを窺う視線が感じられた。しかしそれが私を気遣っているのか、睨んでいるのか、それともからかっているのか判別することはできなかった。私は苛立ちを覚えた。

気味悪さを押し退けて、腹の底からジワジワと腹立たしさが込み上げて来た。それはこんなところで立ち往生している自分自身とその原因をつくった手袋の主に対するものであったが、すぐその矛先は私を威かしている頭上に蛸に向けられた。劫を経た生き物ですらない金物の分際で人をたぶらかすとは許し難い。そうは思ったものの、イボイボさえもついているかも知れない冷たい足が今にもニューと伸びて、首筋を撫でそうに思われ、内心気が気ではない。

私の腹の中で、「こん畜生」と叫び様、思い切り鉄格子を蹴飛ばし、その勢いで石段を駆け下りた。

サン・ジャック街は夜のしじまの中に眠りこけていた。私はいつもの道筋を疾風に吹き飛ばされる影法師のように通り抜けた。

狼の墓標

たまに、東横線に乗って横浜へ行く。

その行き帰りに、電車が妙蓮寺駅の、ほんのわずかに菊名駅方向へ寄ったあたりにさしかかると、行きには左手、帰りには右手の窓から、私は、かならず、外の景色に目を凝らす。

そこには変哲もない建物がびっしり建ち並んでいるだけであるし、その上、私が本当に見たいところは線路脇の崖の上なので、車窓からは見えない。それなのに、そこを通るたびに、まるで条件反射のように窓の外を見つめる。

私は四、五歳のころ、その崖の上に住んでいた。六十余年も前の話である。それでも、そのころの地理や風景は、崖近くのごく限られた範囲ではあるけれど、いまだに、はっきりと脳裡に刻み込まれている。

崖の上がじかに見えなくても、その前後に広がる景色を見れば、そこにだけ過去の風景が残っているとは思われない。崖の上にも、その周辺と同じような、私のまるで知らない景色が続いているに違いない。

車窓から目を凝らすけれども、私はわざわざ電車を降りて崖の上を検分しに行こうとは思わなかった。住宅のびっしり建ち並んだ、見知らぬ景色を見に行っても仕方がない。それでも、数年前、横浜からの帰りに、渋谷行きの電車に乗っていて考えたことがある。

あそこを通るたびに、もう見飽きてしまったにもかかわらず、いつまで経っても、窓の外が気にかかるのは、いささかモノマニアックではないか。ほとんど無意識のうちに、あの場所に拘泥しているのは、やはり、崖の上が見えないせいかも知れない。そのため、通るたびに昔の風景を思い起こしたりする。変わり果てた景色をはっきり見極めれば、変なこだわりも解消して、すっきりするのではないか。探訪するのに、小一時間とかからないであろう。

その際、妙蓮寺駅で下車しようか、と考えた。しかし、まだ春先で、寒い風の吹く日であった。快適な散歩にはなりそうもない。迷った末、おっくうになって、そのまま通り過ぎた。

今年は梅雨明けが遅れ、その分、曇りや雨の日が続いて涼しかった。日が照れば、外出を控える時期に、少々儲けものをしたような気になって、連日、あちこち出歩いていた。

七月も半ばを過ぎたある日、渋谷の美術館を訪ねた。朝から小雨が降ったり止んだりしていた。駅前の大きなビルで昼食を済ませ、渋谷の駅にもどってきた。

ＪＲの改札口まで来て、ふと、思いついた。妙蓮寺まで足を伸ばしてみるか。この先は家に帰るだけで、午後に何の予定もない。何より、小雨がぱらついていて涼しい。日が照りつけていれば、そんなことは思いつきもしなかったであろう。とは言うものの、やはり、おっくうであった。人混みの中で、しばらく迷った。梅雨が明ければ、用もないのに外出など絶対にしない。

「チャンスを逃せば、もう、それっきり。二度とめぐってこないわよ」

そんな声が耳の奥によみがえった。私は、ふんぎり悪く、つぶやいた。

「別に、それほど、行きたいわけじゃないんだ」

その日の朝、渋谷へ出るために最寄りの駅に行った。ラッシュアワーも終わった郊外電車のプラットホームは閑散としていた。ただホームの先の方に、かなり年をとったご婦人の一団が見えた。

総勢七、八人で、みんな帽子をかぶり、ウォーキングシューズをはき、ナップザックやデイバッグを背負い、晴雨兼用の傘を携え、全天候型の身ごしらえであった。散策や探訪に慣れた、歩き人グループという印象を受けた。そこが待ち合わせの場所になっているらしい。

私はそのグループに近づくのを避けた。にもかかわらず、聞き耳を立てていたわけではないのに、遠くの話し声がはっきり聞こえてきた。

リーダー格と思われる白髪のご婦人が弁じていた。

「私たちの年になると、なんでも思い立ったら、すぐ実行に移さなきゃだめ。そのうちに、とか、次の機会に、とか、来年、なんて言っていられないのよ。私たちの辞書に、そういう言葉はないの。今日の話だってそうでしょう。みんな鎌倉に行きたいって言ったじゃない。なのに紅葉のころの方がいいとか、悠長なことを言ってるんだから。秋がよければ、秋は秋で、また出かければいいじゃないの。行きたいと思ったら、すぐ、出かけなくちゃ。チャンスを逃せば、もう二度とこないと思ってた方がいいのよ」

反対意見はないようであった。彼女の仲間がつぎつぎに実例を挙げて、彼女の説を補強しはじめた。私は彼女たちの友人や知人のあまり幸せではない近況を幾つも知る羽目になった。

実名や本人との関係などを伏せ、その内容をかいつまんで報告すると、Aさんは、ぼけた夫の看護に付きっきりになり、Bさんは本人がぼけてしまい、Cさんは、病名は聞き取れなかったが、目下入院中、Dさんは交通事故で足を骨折し、松葉杖をついているらしい。

電車が来なければ、リーダー格のご婦人の主張を裏付ける実例がさらに増えたかも知れないが、幸か不幸か、電車が来たので、私は一足先に御免こうむった。彼女たちは、仲間がまだ揃わないらしく、その電車に乗らなかった。

私はたまたま聞こえてきた話を何となく聞き流していたが、電車に乗ってから、元気そうな白髪のおばあさんの信条について考えた。どこかへ行こうが行くまいが、大勢に変わりはない、と異を立てるつもりはなかった。いい年をして、今更、じたばたするのはみっともない、と冷たく切って捨てたりしなかった。どちらかと言えば、これもお年寄りの知恵というべきものかも知れない、と感心したくらいである。

私は、去年、腰を痛めて、まともに歩けなくなり、半年近く治療に専念した。そのときは、もう、もとのように歩きまわれなくなるのではないか、と悲観して、おろおろやきもきした。だから、彼女の言いたいことは身にしみてよく分かる。

電車が動き出し、窓から彼女たちが間近に見えたとき、グループの大半が私と同年輩か、私よりも若いらしい、と気がついた。これには少なからず衝撃を受けた。「私たちの年になると」と彼女が言ったとき、それを耳にした私は、その「私たち」の中に私自身が含まれるとは毛頭考えていなかった。


JRの改札口で、二の足を踏んでいる私の背中をポンと押し、東横線の改札口へ向かわせたのは、やはり彼女の声であったかも知れない。多分、それが最後の一押しであった。しかしそれ以前に、JRの改札口で私の帰宅を逡巡させ、方向を転換させる素地は、あらかじめ大体できていたようである。

まず、勤めを辞めて暇ができた。年をとると、一般に、懐旧の念が強くなると言われている。確かに、若ければ、昔住んでいたところへ行ってみようなどとつゆ思わなかったに違いない。それに、近ごろでは、カードを一枚もっていれば、どの電車であろうと、いちいち切符を買う面倒がない。

偶然の成り行きというか、その時の風向きというか、私は、むりやりに、ふんぎりをつけた。半ば行きたくないような、中途半端な気分で東横線の改札口を通った。気が進まない原因は明白である。行く前から、訪ねて行った結果がはっきり予測されるからである。

昔住んでいたところが、実際には、どんな風に変わったのか、という好奇心も感傷なら、変わり果てた景色など見たくない、と突っ張るのも一種の感傷であろう。どっちにせよ、そういうこだわりは消滅させた方がよさそうである。がっかりしたら、思いっきり悪態をつけばいい。

とうとう妙蓮寺駅に降り立った。昭和十七年四月、四歳のとき、このプラットホームで社命により南方へ派遣される父を泣きながら見送った。プラットホームは、当時、露天であった。この駅について覚えているのは、そのときの情景だけである。

駅を出ると、雨はほとんど止んで、空が少し明るくなっていた。まず、左へ折れて線路をわたった。

妙蓮寺には、もともとあまり馴染みがない。かすかな記憶によれば、古びたお寺が鬱蒼とした木立の中に埋もれ、境内には湿り気を帯びた黒土と樹木のにおいが立ちこめていた。私は祖母に手を引かれ、この境内で一度だけ出征兵士を見送った。

目の前に、駐車場を兼ねた、がらんとした広場が広がっていて、その向こうの小高いところに、まだ新しい立派な伽藍が見える。左手のもっと新しい大きな建物は斎場らしい。樹木は彼方の伽藍の後ろへ後退してしまった。

薬や何かの、使用前と使用後という広告を思い浮かべた。世の中が進歩すれば、当然、こうなるという非常に分かりやすいダイナミックな変わり方であった。この場合、使用に相当するのは、こじつけて言えば、いわゆる成長とか開発とか発展といったものであろう。好みとしては、もちろん、使用前がいい。

再び線路をわたり、駅を通り越して、両側に商店がつらなる線路沿いの道に出た。右へ折れて菊名の方へ向かった。車が、どうにか、すれ違えるほどの通りを人と車がごちゃまぜになって行き交っている。これでは車がスピードを出せないから、事故は、案外、起こらないかも知れない。

少し歩くと信号があり、右手にガードが見えた。こういう構造物は年月を経ても基本的に変わらない。次に左手を見た。ところが、そこにあるべき筈の橋がない。道路に変わってしまった、かつての橋の下に、もちろん、池などあろうはずがない。

車窓から、線路の反対側は見ていなかった。

交差点傍のバス停に菊名橋と書かれていた。かつて存在した橋の名をはじめて知った。

ガードをくぐるのをやめて、交差点を左へ曲がった。その先には、以前、広々とした菊名池があった。長い橋が池を二分していた。戦車の行列が通れるようなコンクリートの橋であった。その野趣に富んだ池も、頑丈一点張りの橋も、消え失せていた。名所とは言えないまでも、一種の文化遺産であるから、これは予想外でびっくりした。不忍池や猿沢池のように有名でなかったのが身の不運と言うほかはない。

文化の香りが欠けていたか。ホトトギスでもアララギでも四季派でも、なんでもいいから、俳人や歌人や詩人を大勢連れてきて、池に因んだ詩歌をたくさんつくってもらえばよかったのに。

かつての橋の右手に当たる方に、ちんまりした公園があった。菊名池公園とある。敷地の大部分は蓮池であるが、かつての池の面影をとどめているとは、とても言えない。それはそれとして、一応、池を一まわりした。

私は菊名橋を何度もわたった。このあたりは、四、五歳の子どもにとっては、家からかなり離れているので、本来なら、一人では来ない場所であった。

橋の向こうに、歯科であったか、眼科であったか、明るい小ぎれいな医院があって、そこに、一時、母が通っていた。私は母にくっついてこの橋をわたった。治療の待ち時間が長いときは、退屈で仕方がない。だんだん慣れてくると、そんなとき、私は一人で家に帰った。

橋の左側、帰りには右側になる方には、黒土の細い道が池の周囲をめぐっていた。私はこのまわり道を通って橋の反対側に出てきた。けっこう遠回りになるこの帰り道は、私にとっては、ちょっとした冒険であった。途中に貸しボート屋さんがあって、桟橋の周囲にかなりの数のボートがもやってあった。

大きな池、長い橋といっても、小さな子どもの感覚であるから、実際には、随分割り引いて考えなければならないか、とも思った。しかし、橋の左側のかつて池のあったところには、広大な敷地にでっかい建物が建っている。

道路をわたって、その建物を見に行った。菊名池公園プールという名称で、流れるプールと幼児プールの二つの施設らしい。この敷地が池の左半分の跡地であるとすると、やはり随分大きな池であったことになる。

最前のお寺と同じように、頭の中で使用前使用後をくらべた。この場合、使用は開発、その目的は市民の保健・レクリエーション施設と憩いの場をつくるためであろう。役に立たない大きな水たまりを公共の福祉のために活用したのである。議会では、拍手喝采のうちに、全会一致で採択したのであろうか。

人間というものは、常に、自己のエゴを正当化しようとする。公共の福祉とは巨大なエゴの塊であると言い換えることもできる。無名の池は公共の福祉という大義名分に太刀打ちできず、ピラニアに襲われたように、なす術もなく食い尽くされた。市民みんなのためだ、消えてくれ、と言われて、ただ大きいばかりの水たまりは納得したか、どうか。一言反論したかったのではないか。

空が暗くなって、小雨が降り始めた。私は傘を広げて菊名池公園にもどった。ベンチは濡れているので、私は大きな木の下に入って雨宿りをした。そして、しょうことなしに、もう一度、蓮池を見渡した。

菊名橋の右側には、左側よりも大きく池が広がっていたように思う。ただ右側には岸辺に小道がなくて近づけなかった。私は池の右半分をめぐった記憶がない。目の前の蓮池も、この小公園自体も、菊名池の右半分の跡に違いない。池は何分の一、あるいは何十分の一に縮められたのであろうか、と考えたが、見当がつかなかった。

そろそろ崖の方へ行ってみようか、と思って、何気なく視線をめぐらせたとき、脇の薄暗がりに、ふと、目が止まった。見ごろを終えたアジサイの葉陰に、黒いアゲハが羽を休めている。黒い影が暗いところに溶け込んで微動もしない。われながら目ざとく見つけたものだと感心した。小さくて、羽化してまだ間もないように見える。

私の頭のどこかに、黒いアゲハに鋭く反応する部分があるらしい。それがアゲハの微かな気配を察知し、後から目が追いかけるのではないか、と思ったりする。

その黒いアゲハが私を一足飛びに崖の上へと運んだ。


多分、四歳の初夏の出来事である。私は崖の上の家の庭先にいた。縁側から前方右手に富士山が見えた。庭は小さな家のほぼ南に位置していた。

少しは植え込みもある、その庭は鉤《かぎ》の手にまがって家の西側へ伸びていた。家の割に庭は広かった。ただ、庭といっても、西側は野菜畑になっていた。畑の西の縁は生垣によって仕切られ、生垣の向こう側は切り立ったような崖で、その下を、現在と変わらず、東横線の電車が走っていた。

私は、崖の上の家に来て、まだ、数ヶ月しか経っていなかった。そこで目にするすべてが物珍しい時期であった。私は庭を探検していた。

庭にひらひら飛んでいる黒いものが、蝶というものであると知っていたかどうか、分からない。少なくとも、大型の黒い蝶を見たのは、そのときが最初であったに違いない。

突然、その黒い影のようなものが、私の顔を目がけて飛んできた。私はのけぞった。黒い影はふわりと浮き上がり、顔をかすめて頭上を越えた。黒い羽が顔を覆い隠すほど大きく感じた。私は悲鳴を上げ、手で顔を隠した。

おそるおそる顔から手を離したら、いったん飛び去った黒い影が、また、上から降りてきて、私の顔を下から上へ撫で上げるように飛んだ。

私は逃げた。しかし、まだ、足もとがおぼつかない。その上、つっかけていた下駄が大きすぎた。逃げ足が一向に捗らないから、振り返った。黒い大きな影が、また、顔にまつわりついた。私は、再び、大きな悲鳴をあげながら、裸足になって縁側へ逃れた。

悲鳴を聞きつけて、祖母が縁側に出てきた。

祖母が、笑いながら、あれは鎌倉蝶だ、と教えた。その際、多分、祖母が鎌倉蝶と呼ばれる理由も説明したのではないかと思う。鎌倉武士などという言葉は、当然、理解できなかったと思うけれど、私は小さい子どものときから、昔、戦いで死んだ者の魂が転生して鎌倉蝶になったというような話を漠然と知っていた。黒アゲハという名称を知ったのは、ずっと後年になってからである。

祖母は縁側についた足形を見て、雑巾を取りに奥へひっこんだ。私に過剰なまでの親愛の情を示してくれた、その蝶は、さすがに、縁側まで入ってこなかったが、しばらく庭先を遊弋《ゆうよく》して、ときどき、こちらを覗きにやって来るようであった。私は再び庭に降りることができず、鎌倉蝶の飛びまわるのを、どきどきしながら眺めていた。

私がもう一度庭に降りたのは日が西に傾くころであった。縁側から見まわしたが、庭には、もう、あの鎌倉蝶の影はなかった。それでも用心して足音を忍ばせ、西側の畑を偵察に行った。

南側の庭から行くと、畑は手前の方にサツマイモが、その向こうに、奥へ向かってナス、インゲン、キュウリの順で植えてあった。インゲンとキュウリのところには竹を交差させた支柱が幾つも並び、それらにツルが絡んでいた。

私はおっかなびっくり畑の奥を覗きこんだ。畑は西日を浴びて、ひどく明るかった。そして、そのとき目に映った光景は私の度肝を抜いた。

支柱に絡んで伸び上がったインゲンやキュウリはおびただしい花を付けていた。その花に戯れるように、十頭もの鎌倉蝶が支柱に沿って下から上へゆるやかに舞い上がり、翻って舞い降り、地面近くから、ホバリングをまじえて、また、ゆったり舞い上がる。支柱の陰に隠れては、あちらから、こちらから、また現れる。次々に、際限なく、湧きだして増えていくようにも見えた。

茫然と見守っているうちに、初めて気づいたことがある。蝶の形はかなり縦長で、羽の下の方に鮮やかな朱色の斑点が並んでいる。それが目のように見えた。私はぞっとした。たくさんの朱色の目が、油断なく、こちらを見張っている。昼間の蝶に、こんな斑点はなかったような気がした。

私はそろそろと退却をはじめた。距離はかなり離れているし、ふわふわ飛んでいるから、あわてなくても大丈夫、と自分に言い聞かせた。

幼い私は、まだ、アゲハ蝶のとてつもない飛翔能力を知らなかった。後年、私は一度だけ、力漕しているのに上下動なく、まっすぐ、ものすごいスピードで庭を横切る鎌倉蝶の姿を見た。それは、まるで空中に引かれる、まっすぐな黒い横棒のように見えた。そのとき、さては、いざ鎌倉だな、と私は思った。

アジサイの葉陰で眠っているような鎌倉蝶に別れを告げて、私はガードへと向かった。鶴見へ通じるこの街道は交通量が多い。ガード下の歩道は極端に狭くなって、傘をさしているとすれ違うことができない。交互通行でやっとガードをくぐった。

通行の邪魔にならないところに、ちょっと立ち止まって、一八〇度ぐるりと見まわした。瞬間的には電車の窓から見ているから、驚きはしないが、足を止めて眺めていること自体が、あほらしいような、情けないような気がした。

この街道はかつて砂利道であった。道の左側には畑が続き、右側は樹木の茂る斜面になっていて、天地が広々していた。右側のガード脇の小径を上って行くと、妙蓮寺に出る。このお寺への近道は松籟が聞こえる山道のような趣があった。

今、街道の左右には、めったやたらに建物がひしめいている。巨大な霜柱が立った、畑の畝の谷間を長靴で乱暴に蹴飛ばしたような景色である。平地であれば、それほどでもないかも知れないが、傾斜地に道路間際まで、大きさも高さも不揃いな建物がぎっしり詰まっているから、余計に狭苦しい。

このあたりの地形は起伏に富んでいる。大雑把にいえば、街道を谷底にして左右へ高まり、進行方向へ向かって少しずつ上って行く。

私はガードを抜けて左へ曲がり、線路沿いの坂を上った。かつては雑草が生えていた線路脇の急斜面はすっかりコンクリートで固めてある。右手は、畑とその上にあった檜葉垣をめぐらした家の跡に、ぎっしり家が詰まっている。その密集地の隙間に建築中の、シートをかぶった小さなマンションはこの坂道から見ても、下の道路から見ても、斜めを向いて建っているようである。

だらだら坂を登って行くと、崖に突き当たる。かつては低い石垣の上がむき出しの崖で、その上が生垣になっていた。今はすっかりコンクリートの壁に変わっている。

道は右に折れて、ゆるやかに上ってゆく。左にコンクリートの壁、右に家並みが続いている。以前は右に生垣、左には低い石垣の上に芝生を植えた急斜面が続いていた。芝生の斜面を土手と呼び、土手とその上の生垣の内側、つまり、よその家の庭を、私は遊び場にしていた。

少し坂を上ると、道の左手に急な坂道が現れる。この坂のてっぺんの左側に、昔々、私の家があった。上り口があまりにも急で前屈みにならないと上れない。ここには、確か、石段が三段ついていた。車が通れるようにスロープに変えたのであろう。

難所をこえて、坂を見上げた。坂道の両側に階段状の敷地が三段にならび、それぞれ三軒ずつの家が建っている。基本的に図面は変わっていないらしい。変わっていないのはそれだけであった。

中央に敷石をならべた坂道、芝生の土手、家々を囲んでいた生垣や板塀はすっかり消えていた。階段状の敷地の上下を区切る崖はすべてコンクリートで固められているようである。土がむき出しになった崖では建築許可が下りないのであろう。

昔風の木造の家は、当然、すべて姿を消している。隙間のない塀に囲まれているから、庭木も見えない。坂道の景色はトンネルを裏返しにして傾けたような感じである。

それでも、一応、てっぺんまで上ることにした。一軒だけ以前と変わらない名字の表札を掲げた家があった。そして昔々住んでいた家のあった場所の前に立った。

もともと、この坂道はここで行き止まりである。しかし、子どもの頃、ここはどん詰まりという感じではなかった。左へとんとんと二段上れば、門柱があって私の家の玄関と庭へ通じ、右へとんと上れば、お隣の家も似たような構えであった。とんとんと上ったのは石段ではなく、木材を土止めにした土の段である。

左右へ曲がらず、急な傾斜をまっすぐに上ると、両家の建物の間に、もともとは垣根であった檜葉の木がひょろ長く伸び上がり、奥へ向かって一列に並んでいた。この仕切と建物の間は、両側とも、かなり広く空いていて、この通路から、それぞれの家の裏へまわることができた。坂を上り切ったところには塀も垣もなかったから、その気になれば、だれでも、ずいと奥へ通ることができたのである。

崖のてっぺんにある両家ともに、通路の奥に当たる北側の地境は崩れかかった、粗い四つ目垣で区切られ、その向こう側の、ゆるやかな下り斜面は遙か下まで篠竹が密生していた。

竹藪のそのまた向こうには、地平線まで目路のかぎり、ゆるやかに起伏する畑が広がり、農家の藁屋根がいくつか点在していた。広大な畑地は農道によって大まかに区切られ、おびただしい畝が地表に細かい棒縞を描いていたが、区画ごとに畝の向きが異なるので、縦縞になったり、横縞になったり、斜めになったりして、全体として複雑な縞模様をつくっていた。
子どものころ、日が暮れると、このあたりには、子捕りが出るだの、狼が来るだの、と脅かされた。子捕りというのは人さらいのことで、捕まるとサーカスに売られるという話であった。私は、日が落ちると、すぐ真っ暗になる妙蓮寺への近道のあたりが子捕りの出没する危険地帯であると思っていた。
狼の方は、祖母が、唐突に、その話をしたときの様子を覚えている。後年、内田百閒の「峯の狼」という作品に、私が祖母から聞いたのとそっくり同じことが書かれているのを発見した。

子供の時に聞いた話に、狼は夜中に人家のまわりに近づいて小便壺の小便を飲んでしまふ。小便壺が空つぽになつてゐたら用心しなければあぶない。狼と云ふものは何處にでも隠れる。禿げ山の峰に枯れた萱が一本立つてゐれば狼はその萱の莖に身を隠す。

祖母が語った内容はこれ以上でも、これ以下でもなかった。この文章を読んだとき、私は、祖母がこれを読んで受け売りをしたのか、と疑った。

この作品は昭和十九年七月三十日に青磁社から刊行された『戻り道』に収録されている。しかし祖母が語ったのは、その前年の昭和十八年で、十九年の七月には、私は和歌山県の新宮に疎開し、丹鶴国民学校に通っていた。そのとき、初出は調べなかったが、子どものころ、家で雑誌を購読していなかったし、明治の御代には、このような話が、まだ、一般にあるいは関西で、流布していたのであろうと想像した。

祖母の話の中で、私には、総称の萱という言葉が理解できなかったらしい。祖母は芒《すすき》と言い換えたようである。

茶色い禿げ山のてっぺんに、一本の枯れ芒がすっきり立って風にそよいでいる。青黒い空を背景にして、うっすら鈍く銀色に輝いているのは、どこかに月が出ているからであろう。そこに大きな痩せた狼が現れる。耳の立った真っ黒な影が見る間にすらりと細長く伸び縮んで、芒の後ろに、すっと消えてしまう。

後には一本の枯れ芒がすっきり立って、何事もなく風に揺れている。しかしその陰から狼がこちらを窺っているのである。

何度くり返し思い描いても、興味の尽きない光景であった。隠れる前に、狼は、ときに、長いしっぽをちらつかせ、ときに、大きく裂けた口から鋭い歯を覗かせた。狼は怖い。しかし、よく考えると、近所に芒が見あたらなかった。それでは狼が折角の怪異を現すことができない。芒を見た覚えはある。一体どこで見たのか、幼い頭であれこれ思いめぐらして、ようやく思い出した。

妙蓮寺駅から東横線の線路沿いの道を歩いて、ガードのところで右へ曲がらず、しばらく直進すると、右手に小さな市場があった。ちょうど私の家の真下あたりになる。道の左手、つまり菊名池の側は草地になっていて、松の木などがまばらに生えていた。ちょうど、市場の前あたりまで来ると、左手の草地が、一ヶ所、大人の背丈ほどの高さに隆起し、道路に面した側が切り通しのように切り立って赤土を露呈していた。

その切り立った赤土の頭上を芒の株が飾っていたのである。これで狼の出る舞台装置は整ったと思った。しかし家の裏には竹藪があり、草むらや木立がいたる所にあるのに、狼が、なぜ、窮屈な思いをして、芒の陰に隠れなければならないのか分からない。その疑問を、祖母にぶつけたが、祖母が何と答えたのか、覚えていない。

私の脳裡で、狼が、ひとしきり、裏の竹藪や芒の生えた草地を駆けまわったり、あるいは禿げ山の頂で飴細工のように細長くなったりしていた。

やがて、私は三方を塀に囲まれた、坂道のどん詰まりに、ぼんやり突っ立っていることに気がついた。その場に、そんなに長く立っていたとは思わなかったけれど、実際には、どうだか、分からない。

昔は竹藪であった向こう側の下り斜面は、もちろん、もとの家の敷地を覗くこともできない。覗いたところで、仕方がない。こんなところで、うろうろしていると、警官が駆けつけるかもしれない。即刻、退散することにした。

雨は止んでいた。坂道を下りながら考えた。

世の中の移り変わりがはなはだしいことを桑海の変とか桑田碧海などというが、一面の桑畑が蒼い海原に変じるのであれば、スケールが大きく、爽快感もある。一方、激変していても、線路脇や崖の上の、ちまちました風景は無機質で、平板で、息苦しく、もの悲しい。

これが経済を、第二位も第三位もなく、価値の優先順位の断然第一位に位置づけ、豊かさ、便利、快適さを追求して経済発展を遂げた結果なのであろう。すると、見てくれは悪いけれど、どこまでも続く、この無機質な家並みの中では、豊かで、便利で、快適な生活が営まれているのであろう。

池や竹藪や木立がなくなっても、みんな機嫌よく暮らしているらしい。それはそれでもっとも千万であるが、なぜか、はなはだ面白くない。かつて木立や草原があったところに、建物がおできのかさぶたのようにひしめき合っている。それも、なんの不思議もないけれど、なぜか、まったく以て腹立たしい。

あたり一帯に、びょうびょうと遠吠えを響かせて、機嫌良く暮らしている人々の心胆を寒からしめてやりたい。しかし、今夜あたりは、あいにく、新月ではなかったか。

ガードをくぐって駅へ行く道に出た。交差点で、かつて芒が生えていた方を眺めた。道の両側に家が櫛比《しっぴ》し、人や車が盛んに行き来しているだけである。かつての芒の株の根もとに狼の墓標を立てたいと思ったが、それを思い描くとっかかりさえ掴めない。もはや、想像裡においてすら、狼が跳梁する余地は残っていないのか。

急に、心が荒びてきた。

駅へ向かいながら、考えた。それなら、狼の影を抹殺してしまったこの風景を、跡形もなく洗い流して、蒼海に変えてやろうか。

水と植物は生命の源である。これらを大切にしない文明は、いずれ、必ず滅びる。

皮膚にかさぶたが蔓延すれば、この惑星は、ときどき、洗い流したり、焼き払ったりして身を清める。それは自然の自浄作用であって、何の不思議でもない。みんなが機嫌よく暮らしていると、いつの日にか、そうなるのである。

まだ、大丈夫だ、と安心していると、もうすぐ水の底に沈めてしまうぞ。行き交う人々や車の列に、胸の内で、宣告を下しながら、目を怒らせ、肩を張って車の行列の中をどしどし歩いた。

電車が妙蓮寺駅を出ても、私は窓外の景色を一顧だにせず、見わたすかぎり広がる紺青の海を思い描きながら、どこまでも続くかさぶたの間を縫って家に帰ってきた。

追記

この稿を草した後、念のため、「峯の狼」の初出を調べた。福武書店版『新輯内田百閒全集』第十一巻の平山三郎による解題には次のように書かれている。

麥酒・高瀬舟・近火・蒸氣喞筒（舊題・蒸氣喞筒と消防船）・羽織・峯の狼・通り雨（舊題・密航）・小地震・海賊大将軍（舊題・海賊大将）・泉水艦隊・煙の尾・村上流船行

要術――十二篇掲載順
　日本海事新聞　昭和十八年二月～十九年一月まで連載
「日本海事新聞」には――芝田村町、海事振興會發行の日刊紙。この時分、詩人、高橋新吉氏が海事新聞記者として日本郵船に原稿を取りに行った――という註がついている。因みに、この新聞社は昭和十七年に創設され、同名の新聞は日本海事新聞社から現在も刊行されている。
「通り雨」は上下に、「海賊大将軍」と「村上流船行要術」は上中下に分かれて、それぞれ二倍三倍に膨らんでいるけれど、基本的には一篇が原稿用紙五枚前後の作品を毎月一篇ずつ十二ヶ月にわたって連載したことになる。割り振ると、「峯の狼」は十九年七月某日、紙上に載ったのであろう。
　タイミングとしてはぴったりであるが、わが家では、このような特殊な専門紙を読む必要や機会があったのであろうか。よく考えると、それは大いにあり得るように思われる。
　父は、陥落後間もないシンガポールに入り、スズなどの鉱物資源を確保する仕事に従事していた。ときどきシンガポールから荷物が届いた。タイシルクやインド更紗などのエキゾチックな品物が後々まで家に残っていた。

初めは物珍しい品物を送ったようであるが、日本でだんだん物資が不足するようになると、生活必需品を送ろうとしたらしい。しかし、戦局が不利になるにつれて、制海権を奪われ、それらはことごとく海中に沈められた。父は、十中八、九沈められても一、二が届けばいいいいと思って、荷物を送ったが、一度も届かなかったようだ、と言っていた。

昭和十八年夏の段階では、まだ荷物が無事到着していたのかも知れない。私は母に連れられて一度だけ横浜港の埠頭に行った記憶がある。今にして思えば、母は税関か船会社に用があったに違いない。わが家では、父から連絡があった場合、貨物船の入港予定を知るために、「日本海事新聞」を読んでいた可能性がある。あるいは、船会社に行ったとき、もらってきたとも考えられる。たまたま祖母が手にした新聞に「峯の狼」が掲載されていたのであろう。

五歳のとき、祖母から又聞きして、百閒の筆になる狼が、私の頭の中で走りまわったようである。

戦中の記

敗戦のとき、私は七歳であった。まだひよこ、藻雑魚に異ならず、何事にも天水桶のぼうふらのようにただうろうろするばかりであったから、振り返っていっぱし戦時体験を語ることなどできるものではない。しかし戦時には、年端も行かぬ子供の身にも、それなりの災難が降りかかってきた。幼年期の思い出の多くは否応なく戦争に結びついてしまう。

何しろ小さな頃の話であり、ほとんど自分の記憶だけを頼りにしているので、後先が曖昧になり、思い違いも多々あると思うが、身辺で起こった雑多な出来事は比較的鮮明に覚えている。その頃の記憶が戦後の数年間よりもかえってはっきり残っているのは、やはり体験そのものが異常であり、そのときの印象がきわめて鮮烈であった上に、後々にも折にふれて思い出す機会が多かったからであろう。

二つ三つ年が違うと、もう戦時中の記憶はほとんど残っていないらしい。ちょうど私たちの年頃が、今にして思えば、はなはだ異様な雰囲気をいささかなりとも知っている最後の世代になるようである。

幸運にも、私は戦争によって親兄弟を失うこともなく、戦火に家を焼かれることもなかった。当時の子供としては、標準的というよりも、むしろ恵まれた日々を送った、と言えるかも知れない。それでも戦争の落として行った翳が今でも心のどこかに長い尾を曳いているのを漠然と感じることがあり、それが夜道で跡をつけて来る犬の足音のように、何とはなしに気にかかる。

長い間、頭の隅にひっかかっている記憶の断片を整理すれば、頭の中が大分すっきりするに違いない。年月を経た今では、その作業に自分自身いささか興味がなくもない。戦中の記と題して、幼時の記憶を書き留める所以《ゆえん》である。

この世に生まれて、ぼんやり周囲が見え出す頃には、すでに世界中で戦争が始まっていた。悪い時節に生まれ合わせたとは思うけれども、それなら何時生まれてくればよかったのかと問われても、返答に困る。これぱかりは運命という他はない。

私は昭和十三年の生まれである。日華事変が起こったのはその前年、翌十四年には第二次世界大戦が勃発、そして十六年十二月の真珠湾攻撃へと続いていく。私が四歳の誕生日を迎える一月ほど前のことである。

戦場はその当時私たちが住んでいた秋田の山奥の鉱山町からまだ遥かに遠かった。

しかし開戦早々、戦争の余波は山奥に隠れ住んでいた私たちの家にも及んだ。昭和十七年一月、父は産業戦士の名のもとに、占領地域の鉱物資源開発を目的として、つまり錫をを始めとする軍需物資を確保するため、南方へ派遣されることが決まった。もちろん幼い私がそんな事情を知る由もない。

私の最も古い記憶は開戦以前に遡る。まだ雪におおわれていない庭の有様を覚えているので、それと分かるのである。

思い出すのは大体家の中と近所が舞台で、観音様を仕舞う木箱に、生まれて間もない妹を入れてもらい、それを押して廊下を行き来したり、父が時折買ってくる土産の酒饅頭を薪ストーブで温め、大はしゃぎして食べたり、たまたまやって来た水道屋さんの口真似をして、「こんちわ、水道屋でございい」と怒鳴っては、隣近所の勝手口を叩いて廻ったりしたという類のことがほとんどである。

しかし中には多少毛色の変わった思い出もなくはない。

暗がりに、まだ見たことのない異様なものが現れた。途方もない図体をした生き物が頭の上に人を乗せ、巨大な耳をはためかせながら、長い鼻をくねらせて材木を持ち上げたり下ろしたりしていた。遠くの方でむくむく動いていた灰色の塊が見る見る近づいて来て山のようにふくれあがり、頭上にのしかかってきた。そして気味の悪い鼻を高々と振り上げ、恐ろしい牙の突き出た大きな口をぐわっと開いて咆哮した。肝をつぶして泣き出した。

映画館の人気のない薄暗い廊下に連れ出されからも、しつこく泣き続けた。「ももんがあ」で脅かされたのとは話が違う。なだめられても、そう簡単に泣き止む訳には行かなかった。

びっくりした拍子に継粉《ままこ》のように固まって脳裡にこびりついたらしい記憶がもう一つある。

どこかへ出掛けた母の帰りを待ちあぐねて、玄関でひとしきり泣いてから、とうとう辛抱できなくなり、雪の積もった家の前の小さな急坂を覚束ない足取りで降りて、近くの大通りまで迎えに出た。通りを歩いている人はいなかった。

大通りの並木も電柱も半ば雪に埋もれてちんちくりんになり、その上に雪雲が垂れこめ、天地の間がいやに狭苦しく見えた。寒さに震えながら、まっすぐゆるやかに下っている大通りをぼんやり眺めていたら、突然背後でけたたましい叫び声が上がった。

びっくりして振り返ると、橇を離れた赤馬がたてがみを振り乱し、どたばた物凄い勢いで駆けてきた。白い鼻息の向こう側で、つり上がった大きな目がじっとこちらを睨んでいるようであった。

思わず後ずさりして立ちすくんだ鼻先を赤茶けた大きな風の塊が微かな馬の臭いを残して吹き抜けた。その後を馬子が藍色の半纏の裾をひるがえし、何か大声で喚きながら追いかけて行った。

雲と雪に挟まれた白い扁平な景色の中に、踏ん張りのきかぬらしい赤馬が伸び縮みしながらよたよた遠ざかり、こけつ転《まろ》びつ後を追う馬子の足取りは、じれったくなるほど捗らなかった。呆気にとられて、馬子のひらひらする藍色の半纏が次第に坂道を沈んで行き、雪の下に消え去っても、しばらくその場に立ち尽くしていた。ようやく我にかえって家に逃げ帰ってからも、大きな音をたてて弾けんばかりに打つ動悸がなかなか収らなかった。

この時分の記憶は何の脈絡もなく、てんでんばらばらに散らばっていて、はなはだとりとめがない。思い出すことはできても、遠い夜空に音もなく打ち上げられては消えて行く花火を夢の中ででも眺めているような趣で、何となく他人事のような気がする。

昭和十七年四月、父が南方へ出発するに当たり、残される家族は秋田の鉱山町の社宅を引き払って、横浜市菊名町に住む祖父母のもとに身を寄せることになった。ただし、その間の出来事は私の記憶から完全に脱落している。記憶の中にわずかなりとも時が流れ始め、まわりの世界に少しずつ広がりが出てくるのは、四歳の春、菊名に移り住んでからのことであり、そのとっかかりは父と別れたときの光景である。

父と別れたのは横浜港の埠頭ではなく、東横線の妙蓮寺駅であった。私は祖父母と共に、かなり混雑したプラットホームで父を見送った。父は電車に乗り込み、窓越しにこちらを見ていた。電車が動き出した途端、急に胸の奥深くから身も世もあらぬ悲しみが込み上げてきて、私はありったけの声を張り上げて泣き叫んだ。

誰かが私の手を取って、遠ざかる電車に手を振らせた。帰途、祖母に手を引かれて道を歩きながら、なだめられても、すかされても泣きやまず、家に戻り、泣きくたびれて声が出なくなるまで泣き続けた。

父がいなくなった当初、父はどこへ行ったかと訊くたびに、南方へ行ったと言い聞かされた。まだ緒戦の勝利の勢いに乗って、日本が版図を広げている頃であったから、父の任地もタイ、マレー方面というだけで、最終的には確定していなかったらしい。それがしばらく経つと、「南方へ行った」が「昭南へ行った」に変わった。当時はシンガポールのことを昭南と呼んでいた。どうしてそんな遠いところに行ったのか、と尋ねると、戦争だからだ、と教えられた。恐らく、その頃、まだ訳も判らぬままに戦争というものが始まっていることを知ったようである。

菊名の家は菊名池からさして遠くない高台にあった。池畔を走る東横線のガードをくぐり、線路沿いのだらだら坂を登って右へ折れたところに、更に上へ登る狭い急坂があった。その坂道の両側には階段状の敷地に三軒ずつの家が段々に建ち並んでいた。そのてっぺんの左側が私の家であった。

家の裏には笹藪が彼方へなだらかに傾斜しながら茫茫と広がっていた。風が吹くと、藪全体がざわめき立って大きなうねりを生じ、葉裏を返して波打った。笹藪の向こうには農家の藁屋根が大分下の方に小さく見え、その先は、ゆるやかに起伏しながら、見渡すかぎり畑が続いていた。

庭と若干の畑のついた四部屋の借家に、祖父母と四歳年上の兄が住んでいた。兄が祖父母のもとに預けられていたのは、学校の問題が考慮されたからであり、また寒冷の僻地で、私と生まれて間もない妹を抱えた母の負担を軽くする意味もあったのであろう。そこへ母と私と妹が割り込んだ。

当時、私たちの住んでいたあたりは、線路の近くこそ閑静な住宅地になっていたが、そこから一歩外れると畑ばかりであった。日暮には人通りも跡絶え、一人で遠くへ行くと、子捕りに取られてサーカスに売られると散々脅かされた。実際、日が落ちてからは本当に人さらいが出そうな物寂しい感じのするところであった。

朝夕富士山を見渡せる縁側の軒先に目白の籠をつるし、庭に細長い大きな台をいくつかしつらえて蘭の鉢を一面に並べ、祖父は泣くが如く、うめくが如く詩を吟じ、謡を唸っていた。また時には私に勤皇の志士の逸話などを語って聞かせた。とりわけ藤田東湖の詩を好んでいたらしく、その頃始終聞かされた「天地正大の気。粋然として神州に鍾《あつま》る」で始まる「正気歌」や「瓢兮歌《ひょうやのうた》」の断片をいまだに覚えている。

数年前、祖父の遺品の中に、「皇国漢詩精選」という本が混じっているのを偶然発見した。その中に、昔よく聞かされた詩や維新の志士の逸話が全部書いてあるのを見て、種はこれ一冊であったのかと、手品の種明かしをされたような至極呆気ない気がした。

もっとも馴染みの深かった「正気歌」の解説のページを何気なくめくっていたら、「敷島の大和心を人問はば朝日に匂ふ山桜花」という歌が目に止まった。これは私が生まれて初めて覚えた和歌であり、このとき初めて、その作者が本居宣長であることを知った。一時期祖父はしきりにこの歌を口にし、「人間散り際が肝心だ」とつけ加えるのが口癖であった。この歌にはあまり芳しくない思い出が絡んでいるので、これを見たり、思い出したりするのは面白くない。


庭の真下に清ちゃんの家があった。清ちゃんは同い年の遊び友達である。清ちゃんの一家はキリスト教徒であったらしい。一方わが家では、神頼みもしなければならなかったので、仏壇のほかに神棚もあって、毎日欠かさず燈明がともり、柏手が響いていた。

「あそこは耶蘇だから」と祖父がときどき言っているのを聞きかじり、私はその耶蘇という言葉と祖父の口調から、何か禍《まが》々しい響を感じ取った。清ちゃんの家の書斎は崖に面しており、その上、窓が大きな無花果《いちじく》の木の蔭になっているため、昼でも薄暗かった。

この書斎の柱に磔刑像《たっけいぞう》が掛かっていた。十字架に掛けられているのはキリストという外国の神様であると兄に教えられた。子供の間の話であるから、キリストは単純に敵国の神様だということになっていた。しかし神様が磔になるというのが、どうしても腑に落ちず、何度も本当に神様なのかと念を押した。兄は確かに神様だと断言した。ただしキリストが磔にされた理由は説明できなかったようである。

その話を聞いてからは、要領を得ぬままに、血まみれの陰惨な印象だけが心に染みつき、薄暗い書斎の傍を通るのさえ薄気味が悪かった。しかし普段はそんなことに頓着せず、清ちゃんと仲良く遊んでいた。

ある日、喧嘩別れをした翌日、仲直りをしに下の家へ遊びに行った。何時ものように、門から入って庭にまわり、瓢箪池の縁に立って清ちゃんを呼んだ。すぐにエプロン姿のおばさんが縁側に出て来た。清ちゃんはどこかへ出掛けていた。がっかりすると同時に、まだ喧嘩の後の気分が尾を曳いていたと見え、肩透かしを食って無性に腹が立った。

そのとき耶蘇という言葉がふと頭に浮かんだ。この家では、あの血まみれの薄気味悪い敵国の神様を拝んでいるのだと思った。腹立ちまぎれに私は挑戦的な口調で、いきなり、「敷島の大和心を人問はば朝日に匂ふ山桜花」と叫んだ。

この歌に関連して、日本人は国のためにいさぎよく命を捨てるが、卑怯な敵はそうではないと祖父が言ったのを覚えていて、暗に「そんな敵の神様を拝んだりして何だ」と言いたかったのである。

おばさんは黙っていた。そこでもう一度、その和歌を繰り返し、最後に「人間散り際が肝腎だ」と祖父の口調を真似て、「どんなものだ」という顔をして見せた。おばさんは浮かぬ顔をしてしばらく私を見詰めていた。恐らく、頑是無い子供が訳も判らず、「散り際が肝腎だ」などと口走るのを聞いて、暗澹たる心持になったのであろう。

それからおばさんは生真面目な顔つきで、「よく言えました。えらいわね」と言って奥へ引っ込み、白い紙にお菓子を包んで私にくれた。ほめられて、かえって拍子抜けしたが、たちまち得意になって機嫌を直し、褒美の菓子を食べながら悠々と家に引き上げた。

小さい頃の出来事とは言え、自分の小面憎い顔を思い浮かべるのは嫌なものである。

菊名の家に、時折、高山さんという若い陸軍中尉がやって来た。祖父の知人の子息であったらしいが、どんな用件で遠方からわざわざ訪ねて来たのかは知らない。話が済めば、必ず相手になってくれるので、私はこの中尉さんが大好きであった。

中尉はいつも軍服軍帽姿で、腰に皮鞘の軍刀を下げ、磨き上げた長靴《ちょうか》を高らかに鳴らして颯爽と現われた。しかし帽子を脱げば、毬栗頭がむき出しになって、見たところ近所の大学生とあまり変らず、身につけているものも上から下までまっさらのように思われ、何だか出来たてほやほやの中尉さんという感があった。

私は祖父と一緒に中尉の兵営を訪ねたことがある。多分中尉が前線へ赴く前に、お別れの面会に出向いたのであろう。しかしその兵営がどこにあったのか、また何時頃訪ねたのか、正確なことは何も判らない。ただ私の記憶の中で、この兵営は美しい海岸の風景と一つながりになって分ち難く結びついている。

その海岸が興津であることは行ったときから知っていた。つい今し方まで、私はそれが駿河の興津であると思い込んでいた。ところが、この海岸風景を思い出すたびに、いつも決まって、舷を叩くと無数の鯛が浮き上がって来る情景が何となく浮かんでくる。これは明らかに安房小湊の鯛の浦である。駿河と安房では方角が違うから、別の機会に訪れた二つの場所が記憶の中で入り混じって結びついたのだろうと考えていた。

しかしこの稿を草するにあたって念のため、地図を調べたところ、小湊のすぐ傍に、もう一つ興津を発見した。して見ると私たちが兵営を訪ねた後、足を伸ばしたのは上総の興津であり、そこから小湊へ回ったらしい。千葉県で陸軍と言えば、すぐ習志野を思い浮かべるが、私にはその兵営が習志野にあったと断定する根拠はない。私は兵営の内部以外、ほとんど何も覚えていないからである。

松の木がまばらに生えた山裾を巡ってゆるやかに下っている未舗装の広い道をまわり切ると、右手のすぐ下に兵営の建物が見えた。営門の右側に歩哨所があり、五、六人の衛兵が詰めていた。

歩哨所の中には木のベンチが幾つも並べられ、衛兵たちは一番前のベンチに腰掛けていた。祖父が中尉の名を告げると、衛兵の一人が板壁に取りつけた電話のハンドルをぐるぐる回して、すぐ連絡を取った。

私たちはうしろの方のベンチに腰を下ろし、茶を飲みながら中尉を待った。衛兵たちは上官が門を通るたびに、床を踏み鳴らし、ベンチをガタつかせて一斉に起ち上がり、バネ仕掛けのように敬礼した。突然大きな音をたてて、目の前がしばしば激しく揺れ動くので、おちおち休んでいられないような気がした。

しばらくして、中尉が現われた。家に来たときと違って、厳しい顔をしていた。中尉は兵士や面会人でごった返す広い営内を案内してくれた。私たちが歩いて行くと、向こうからやって来る大勢の兵士がみな次々に立ち停まり、機械仕掛けの敬礼をした。軍隊を構成する将校と兵の割合などまるっきり念頭になかったから、私は中尉が大して偉いと思っていなかった。

以前、中尉というのがどのくらい偉いのかと尋ねたとき、二等兵から大将に至る丁度真中、つまり中ぐらいだから中尉だと中尉自身が私に教えてくれた。しかし中尉に敬礼するおびただしい兵の数を見て、中尉というのは私が思っていたよりずっと偉いらしいと気がついた。

その見直したばかりの中尉が、突然立ち停まり、しゃちほこばって敬礼した。年輩の将校が悠然と通り過ぎた。肩章には赤い地がほとんど見えぬほど金筋が入っていたから、佐官であったのだろう。

その後も何度か中尉の上官と擦れ違った。その都度、中尉が急に立ち止まるので、並んで歩いている私はたたらを踏むような感じになり、ひどくまごついた。勝手に先へ進む訳にも行かず、そうかと言って、棒のようになっている中尉を傍で見ているのも気詰まりであった。こんなとき、祖父はどうしているのか窺うと、中尉が立ち止まるたびに、さり気なく傍を離れ、しばし知らん顔をしてあらぬ方を眺めていた。そこで私もそれにならった。

中尉は敬礼を三通りに使い分けているようであった。下の者には、歩きながら大様に答礼し、上官に対しては一本の棒杙と化し、同僚の士官とは、その中間くらいのやや丁寧な敬礼を交わした。

祖父と話しながら歩いているにもかかわらず、中尉は怠りなく前方に目を配っていると見えて、擦れ違う大勢の兵士や将校を過たずに識別し、相手に応じて敬礼した。私にはそれが神業のように思われ、軍隊というのは、敬礼一つを取っても、大変なところだと思った。

あちこち歩きまわってから、私たちは兵舎に入った。しかし私はすっかりくたびれてしまい、それから先は、がらんとした将校用の談話室や酒保の有様が断片的にうっすら記憶に残っているだけで、ほとんど何も覚えていない。兵営の門を出てから、私は半ば眠りながら歩いていた。興津へ向かう汽車の中でも眠っていたのであろう。

中尉とはそれっ切りになってしまった。それから間もなく戦場に赴いたように聞いた。その後私は高山中尉の消息をついに聞くことがなかった。

父が南方へ出立した年の夏、母に伴われて横浜へ行ったとき、私は初めて海を見た。父が南方から送って来た荷物を受け取る手続きをするため、港の近くの船会社に出掛けた折りである。船会社は街角の小さなビルにあり、建物の一方は海岸沿いの道路を隔てて船溜りに面していた。

突堤に囲まれた船溜りにはおびただしい漁舟だかはしけだかがもやってあった。無数の帆柱が一点の影もとどめず真青な空を背に林立し、一片のちぎれ雲が帆柱にひっかかるように浮かんでいた。明るいのびやかなこの風景は私の心を広やかにし、父のいる海の彼方の遠い世界へ私を誘《いざな》うように思われた。

帰り道、妙蓮寺で電車を降りてからも、船溜りの景色を思い浮かべながら、横浜と覚しき方を何度も振り返った。

港の海も忘れ難いが、私が本当に海らしい海を初めて見たのは興津である。

兵営を出てから興津までの道中については何も思い出せない。興津の駅についたのは夕方であった。祖父に手を引かれ、寝呆けまなこで歩いているうちに海岸に出た。海を一目見た途端、目尻が切れて急に目が大きく開いたような気がした。残っていた眠気も一気に吹き飛んでしまった。

目の前に広々とした砂浜が広がり、渚が遥か彼方へ伸びていた。輝きを失った大きな赤い太陽が海を染めて落ちていくところであった。西の空には夕日に焼かれた横雲が低く棚引き、やや南に寄ったところには巨大な雲の峰がその端々を金色に縁取りされて、茜から暗い紫へと徐々に色を変えながら、三段にも四段にも聳え立っていた。

ふくれあがって輪郭をぼかした太陽は、水平線の彼方へ落ちるにつれて、その下端を海に溶かし、溶け出た火の中から、緋の毛氈を敷きつめた一条の道が渚に向かってまっすぐ伸び、その両側に海は朱金から鈍く光る金、銅から赤銅へと重厚な色を配し、それらの色が粘りのある重々しいうねりと共に刻々と微妙に変化した。

私たちは浜辺をゆっくり歩き、しばしば足を止めて心ゆくまで壮大な落日風景を眺めた。私は豪奢な海に酩酊した。砂浜は内部にまだ昼間の熱を蓄えていて、ほんのり暖かい砂が素足に下駄の足の裏をくすぐり、体の中を快い熱風が吹き抜けていくような気がした。影法師と見紛う真っ黒な裸の子供が四、五人一かたまりになって、消えていく夕日に手を振りながら、波打際を駆けて行った。

日が沈むとあたりが大分暗くなった。歩きながら、私は足許に散らばっている貝殻や蛸の枕をひろい集め、ポケットに詰め込んだ。

小川が海に注いでいるところまで来て浜辺を離れ、白い貝殻が混じる砂の坂道を少し登ると、小川に沿って古びた家が雑然と建ち並んでいた。私たちはこれと言って特徴のないその中の一軒に入った。それが宿屋か民宿のようなものであったのか、それとも中尉の関わりのある家であったのか、今考えても判らない。

小学校の高学年くらいを頭にして、十人近い子供が広い二階家の廊下や階段を走りまわっていた。私もすぐ仲間に入れてもらった。遊んでいるうちに、階下の広い茶の間でにぎやかな夕食が始まった。大人も七、八人はいたように思う。

私はそんな大勢で食事するのは初めてであった。御膳に出た浅蜊の吸物は塩辛くて磯の香が強く、少しもうまくなかったけれど、これこそ先ほど眺めた海の香りだと自分に言い聞かせ、勧められるままに、がんばって二度もお代わりをした。まだ海に酔っていたのである。

菊名に移り住んで間もなく、米軍が反攻に転じたことによって、戦局は曲がり角にさしかかり、やがて敗戦への道を着実に辿り始めた。しかしそれはまだ私のあずかり知らぬ外の世界の出来事であった。緒戦の勝利の余勢が続いていた頃から、戦果ばかりを伝え、わが方の損害は微少と結ぶラジオの大本営発表を信じて疑わなかった時期にかけてはもちろん、昭和十八年になって、大分雲行きが怪しくなってからも、わが家の空気はご近所にくらべて、かなり戦意が高揚していたように思われる。

祖父は町内会の会長を引き受け、町内会だとか町内会長の寄り合いだとか言って、しばしば会合に赴き、盛んに気焔をあげていたようである。祖母も愛国婦人会の襷《たすき》をかけ、日の丸の小旗をもってしきりに出征兵士の見送りに出かけた。また貴金属の献納だと言って、指輪や帯留をひっぱり出し、家中で大騒ぎしていた。戦況が段々不利になってからも、祖父母がなお意気盛んであったのは、自分たちの息子が前線に近いシンガポールにいるとき、万一敗け戦にでもなったら大変、負けてたまるかと多少逆上気味になっていた節がある。

多分十八年になってからであると思うが、祖父は足を折って、大分長い間臥《ふ》せっていた。足が直ってから、祖父は私を渋谷の事故現場に連れて行った。そこは駅からそれほど離れていない大通りであった。車道と歩道の境に、砲弾形の鋳物か石で出来た二尺ほどの支柱が並び、それに太い鉄の鎖が張られていたように思う。

祖父は事故の模様を説明した。小さな子供が車道に走り出て、自動車に轢かれそうになったので、祖父も車道へとび出し、子供を抱き上げ、間一髪自動車を逃れて歩道へ跳んだとき、支柱に膝をぶつけたのだと言った。この事故以来、祖父は杖をつくようになった。


私の日常はさしたる変化もなく、平穏な日々が続いた。しかし時が経つにつれて周囲の空気が次第にあわただしくなって行くのが私にも判った。防空演習が盛んに行われた。家の裏から東横線の線路越しに一部見下ろせる道路を兵士が行軍し、軍用トラックや装甲自動車の列が通った。それらが鶴見へ向かうのだ、という噂を聞いた。鶴見街道を戦車が通るという声を何度か耳にしたが、戦車だけはいつも見損なった。

十八年の暮、私は祖母と一緒に出征兵士を見送りに行った。妙蓮寺の境内で盛大な壮行会が行われていた。大勢の人にまじって私も日の丸の小旗を振った。在郷軍人が出征兵士に餞《はなむけ》の演説をした。それを聞いて祖母が大層憤慨した。

演説の中に、「散り行く先は南か北か判からんが」という文句があったらしい。帰り道、知った人に会うたびに、祖母はこの文句を繰り返し、これから戦地へ行く兵隊さんに向かって、そんなことを言うのは非常識だと言って、在郷軍人を誹《そし》った。何度も耳もとで同じことを聞かされたので、いまだにその妙な文句を覚えている。

昭和十九年の梅の花が咲いている頃、母に付き添われて、私は東横線の大倉山にある国民学校へ行った。教室の一隅に机と椅子を横に細長く並べてつくった面接場で、まず住所氏名を訊かれ、二、三の簡単な質問を受けた。机の上には、丸、三角、四角、長四角、菱形などの色のついた様々な大きさのボール紙が載っていた。試験官はボール紙の形を幾つか訊いた後、白い長方形の真中に小さな赤い丸を載せて、「これは何か」と尋ねた。「日の丸」と答えると、「よし、次」でおしまいになった。しかし折角面接に出向いて行った大倉山の国民学校には結局入学しなかった。

その頃になると、もはや敗色は覆い難く、食糧事情も逼迫《ひっぱく》しはじめたので、「散り際が肝腎」の筈の祖父も身の危険を感じて、疎開の決意をしたらしい。人員疎開令が出て、疎開が奨励された頃である。当時、叔父が和歌山県の山奥の炭鉱に赴任していた。私たちは叔父を頼って、その炭鉱に近い新宮へ逃げ出すことになった。

新宮に疎開したのは昭和十九年の三月下旬である。とりあえず駅近くの旅館の離れで仮住まいしてから、市の西の端に当たる千穂が峰の麓に移り住んだ。山際地と呼ばれるその一帯は、一名経ヶ峰とも称される千穂が峰を護持するように、山裾に寺院が連なっていた。

私の家は瑞泉寺、通称大寺の石垣に面し、町名は栄町、一般には大寺前と呼ばれていたと記憶する。その家は玄関脇にわずかながらも植込みがあり、表の窓には千本格子がはまり、古びてはいたが、ちょっと粋な感じがなくもなかった。家の造りも、階下が大きく二つに分かれて渡り廊下でつながっていたり、階段や便所が二箇所あったりして、普通の家とは大分趣を異にし、間数がやたらに多かった。

後年、廃業した待合を借り受けたことを知った。庭の植込みの蔭に離れがあり、そこに家主のお婆さんが黒猫と一緒にひっそり暮らしていた。

家の近くに花街があった。戦時下であったから営業はしておらず、花街はいつもひっそり閑としていた。

四月に、私は丹鶴国民学校にあがった。土地に馴染みがないから、周囲は見知らぬ顔ばかりであった。初めのうちは親しい学校友達ができず、近所に同級生もいなかった。それに私の家の付近が千穂国民学校との境界になっていたので、家の南側はすべて他校の生徒であった。兄は早々に友達をつくって、どこかへ遊びに行った。学校から帰ると一人になってしまうので、私はどうしても近所で遊び相手を探さなければならなかった。

山際地の丹鶴の学区内は乙やんという餓鬼大将の縄張りであった。乙やんは丹鶴の五年生であったが、喧嘩は学校中で三番目とかに強いと噂されていた。乙やんの腕白振りは相当なものであったらしく、その名は子供ばかりでなく、近所の大人の間にも知れ渡っていた。引越して来てすぐに私もその雷名を耳にした。

瑞泉寺の北隣に清閑院という寺がある。家を出て、二つの寺の切れ目のない石垣に沿うた道を少し行くと清閑院の山門に出る。そのあたりの子供たちはこの寺の境内を第一の遊び場にしていた。初めて清閑院へ行った日、私は山門に佇んで、みんなが遊んでいるのをぼんやり眺めていた。

次の日、乙やんが五年生か四年生と思われる子分を二、三人従えて、山門に現われた。遊び場の見廻りに立ち寄ったのであろう。乙やんはしょんぼりしている私を見つけると、近づいて来て、「今度引越して来たのはお前か」と言った。

名前を尋ねてから、乙やんは境内で遊んでいる配下に向かって、「おい、みんな、この子も仲間に入れてやれ、小さい子をいじめたら承知せんぞ」と大声で言い渡した。それから私の方を向き直り、わざとみんなに聞こえるように、「いじめられたら、わしに言え」と言い置いて、子分を連れて引き上げた。

そのあっぱれな親分振りに私はほれぼれした。その日から私は乙やんの子分の末席に連なることになった。みんなの仲間に入れてもらってから、誰かにいじめられそうになると、「乙やんに言いつけてやる」と一言言えば、まるで魔法の呪文のように効果があった。

新宮には私たちの丹鶴、前述の千穂、それに蓬莱の三つの国民学校があった。これらの三校の生徒は、どういう訳か、喧嘩ばかりしていた。その中で丹鶴の旗色が一番悪かったようである。世の中が殺伐としていたせいか、それとも元来そういう土地柄なのか、顔を合わせれば犬のように歯をむき合う学校間のいがみ合いは、今考えても常軌を逸していたように思う。

乙やんの活躍振りも、しばしば伝わってきた。抗争は次第に激しくなって行き、集団での果し合いや大将同士の一騎打ちも行われたらしい。それも素手で闘うばかりでなく、指に木刀の鍔をはめて殴り合ったり、自転車のチェーンや小石をくるんだ手拭を振りまわすなどという物騒な噂も耳にした。

学校が違っても、学区の境界付近に住む顔見知りの間では、ほとんど喧嘩をすることもなく、たまには一緒に遊んだりした。しかし私たち丹鶴の生徒がうかつに他の学区に入って行くと、「丹鶴田圃で昼寝して、馬に蹴られて目が覚めた」と囃し立てられ、小突かれたり、悪くすると袋叩きにされるので、家族かそれとも誰かうしろ盾が一緒でないかぎり、めったに他校の領分に足を踏み入れたりはしなかった。

私たちの方も負けてはいなかった。たまたま乙やんの縄張りに、見知らぬ他校の生徒が舞い込んで来ると、見つけた者がすぐさま遊び場へ注進し、人数が足りなければ非常召集をかけ、みんなして適当な場所で待ち伏せをした。そして哀れな犠牲者を取りかこみ、まず声をそろえ、節をつけて、「何なあや、やるんかや、喧嘩かや」と歌うように叫び、相手が何もしないのに、寄ってたかってひどい目に合わせた。私はまだ戦力にはならず、年嵩の子の尻にくっついて、うろうろしているだけであった。

薫風の吹き渡る雨上がりの朝、校庭で月曜日恒例の朝礼が行われた。

朝礼を告げる鐘が鳴ってからしばらくの間、薄暗い教室の中で、一体何をしていたのか、はっきりとは思い出せない。多分学校生活にもようやく慣れ、朝礼が始まるまでに、まだかなり間があるだろうと高をくくって、仲間とおしゃべりしていたのであろう。私たちの教室はコの字を逆にした形の校舎の一方の端にあり、その先は校庭になっていたから、外の喧噪が手にとるように聞こえた。

その朝はいつもと様子が違っていた。久方振りの爽やかな天気に、ほとんどの生徒が校庭にうかれ出ていたのはもちろん、教員室も鐘の鳴る前に大方空になっていたらしい。突然外のざわめきが潮の引くように収まり、あたりがしんと静まりかえった。

あわてて私たちは下駄箱が置いてある校舎の中ほどの出入口から外へとび出した。ところが、まっさきに駆け出した仲間の一人が急に立ち止まり、右手の便所の陰に身を潜めた。便所と私たちの教室のある校舎の端とは、屋根と一部腰板こそ付いているものの、簀の子を渡しただけの吹き抜けの渡り廊下でつながっている。後から駆け出した者も、ついつられて立ち止まった。

私たちは便所の陰から渡り廊下越しに校庭の様子を窺った。校舎の敷地は校庭より一段高くなっているため、その境目には低い石垣を組んで土留めとし、その上が狭いテラスになっている。そして便所の渡り廊下を突き切ったところだけは、校庭に出入りするため段差をなくし、テラスになだらかな傾斜がつけてある。

全校生徒が神妙な顔をして、こちら向きに整列し、テラスの中ほど、つまりコの字を逆にした形の校舎が口を開いたあたりを注目していた。そこに朝礼台がある。耳を澄ますと何やら話す声が聞こえた。朝礼は始まっていた。

一旦立ち止まったために、私たちは気勢をそがれ、逡巡した。渡り廊下を越えて出て行けば、いくら校庭の隅の方だと言っても、こちらを向いて並んでいる全員の視線を集めるに違いない。その上、具合の悪いことに、私たちの組は全校生徒の真中近くに並んでいた。恐らく、出入りの混雑をさけるために、教室が校庭に近い組を内側にして順に並んでいたらしい。

私たちはしばらく目や顎で相談した。しかしいくら知恵を絞っても、こっそり自分達の列まで行く方法はない。教室に隠れていても、当番の先生が見廻りに来ると聞かされていた。とうとう意を決し、みんなで渡り廊下を横切り、一、二の三でわらわらと駆け出した。

ずらりと並んだ夥しい顔を見ないように、頭を下げて列の外側を全速力で駆け抜け、息せき切ってやっと自分達の列の後ろにつき、ほっとした途端、すさまじい怒号が響き渡った。肝をつぶして顔を上げると、朝礼台の傍に仁王立ちになった先生がものすごい形相でこっちを睨んでいた。教頭先生であったと思う。周囲の視線も私たちに集中しているらしく、前に並んでいるほとんどの者が振り返ってこちらを見ていた。

「こらあ、今遅れて来た者、前に出て来い。……駆け足」

泡を食った私たちは何一つ考える暇もなく、まるで操り人形のように、走って来た通りの道順を小走りに逆戻りした。一番端の列の外側を通って前の方へ出て行くと、どうした訳か、そこに先ほど一緒に駆け出した筈の野田が朝礼台に向かってでくのぼうのように突っ立っていた。何がどうなっているのか判らぬまま、私たちもその傍に立ち停まった。

教頭先生は存外穏やかな声で、まず野田に学年と名前を訊いた。

「野田か、お前は行ってよし」

それから語気をがらりと変え、朝礼台の下を指差して言った。

「残りの者はここへ来い」

全校生徒の見守る中を私たちはしおしおと指差されたあたりまで進み、一列横隊に並んだ。そのとき言い聞かされたことを一言一句正確に記憶している訳ではないが、その大筋は肝に銘じてちゃんと覚えている。頭上から馬鹿でかい、険しい声が降って来た。

「お前たちは何故ここに呼び出されて叱られるのか、判っているか。単に朝礼に遅れたからといって叱っているのではないぞ。もちろん、遅れるのはよくないが、今問題にしているのは、そんな些細なことではない。もっともっと大切なことだ……判らんか」

朝礼に遅れたこと以外に怒られる理由は見当がつかなかったので、私たちは黙ってうなだれるより他はなかった。

「それでは言って聞かせる。お前たちがバタバタ走って来たとき、私は丁度……」

突然、話が止んで、靴の踵を合わせる鈍い音がした。

「気をつけえ、畏《かしこ》くも天皇陛下のお話をしていたのだ、休め。私が気をつけえ、と号令するのを聞いて、ただ一人野田だけは立ち止まった。そして素早く直立不動の姿勢をとり、私の方を注目した。感心である。それでこそ少国民だ。お前たちも一年生のようだが、同じ一年でも野田にはそれくらいのことはちゃんとできた。それにひきかえ、お前たちの態度は何だ」

　話が思いもかけず、とんでもない雲の上へ飛んで行ったので、私は呆気にとられた。教頭先生はしゃべっているうちに段々激してきたらしく語気がとがり、早口になった。

「普段から私の話を真剣に聞いていれば、それくらいのことは誰にでもできる筈だ。お前たちは……気をつけえ、恐れ多くも天皇陛下を何と心得ておるのか。休め。一番大切なことが判らないで、一体何を学んでいると言うのか。お前たちのような者がわが校の生徒の中にいるかと思うと私は本当に情けない……お前たち全員廻れ右」

　私たちは俯いたまま向きを変えた。

「下を向いてはいかん。まっすぐ顔を上げろ……さあ、みんな、この不忠者たちの顔をよく見てやれ」

　教頭先生は確かに不忠者と言った。顔を上げるとおびただしい顔が並んでいた。私はそんなに沢山の目に面と向かって見詰められたことは生まれてこの方一度もなかった。気恥ずかしいと言うよりも、表情を押し殺してじっとこちらを見ている無数の目玉に身震いするような不気味さを感じた。そしてこの大勢の生徒の中に、兄もいるのかと思うと、いたたまれない気がした。

なるべく視線を合わすまいとして、私は遠くを眺めた。校庭の端に植えてある柳の枝が風になぶられて淡い緑にけぶり、その背景をなす原色に近い青空に純白の綿雲がのどかにゆっくりと動いていた。

そこから先、話は頭上を通り越して生徒全体に向けられた。教頭先生は私たちを恰好の生きた教材にして延々と訓示を垂れた。幸い教頭先生はもはや私たちには構わず、話の方に気を取られていたので、私はまたそっと俯いていた。

私たちは依然として晒し者にされたままであったが、とにもかくにも叱責の矛先がそれて、どことなく緊張がゆるんでしまい、訓示の内容などどろくすっぽ耳に入らなかった。気をつけ、休めを何度か繰り返しながら、私はただひたすら朝礼が早く終わってくれることのみを念じていた。

ようやく教室に戻って来ると、組全体の空気が妙によそよそしかった。叱られた者は教室のうしろの隅に一かたまりになって、お互いの不運を託《かこ》ち合った。

「朕の話をしとったか」

「間が悪かったのう」

教育勅語を初めて聞いたとき、自然と微笑を誘うチンという言葉が教室の話題をさらい、しばらく、ふざけて自分のことを朕と言うのがはやった。もちろん先生のいるところでは決してそんな言葉を口にしなかった。

「あのとき、教頭先生の気をつけが聞こえたか」

「全然聞こえなんだ」

誰もが走るのに夢中で、教頭先生の言葉など聞いてはいなかった。たとえ「畏くも」が耳に入ったにしても、立ち停まって直立不動の姿勢を取ったりはしなかったであろう。しかし、それにしても、まったく気づかなかったことで、あんなに叱られたのでは間尺に合わないと思った。理不尽な言い掛かりをつけられ、大恥を掻かされたような気がして忌々しかった。

そんな話をしているところへ、野田が近づいて来た。私たちはそろって恨めしそうな顔をしたに違いない。野田は自分一人が良い子になってしまって申し訳ないというような表情を浮かべて、言い訳を始めた。

「本当のことを言うとのう、ちょっと遅れて走り出したら、何や大きな声がしたような気がしたんじゃ。振り返ったら、教頭先生がこわい顔をして睨んどったでのう、恐ろしうて一歩も動けなんだ」

そう言いながらも、野田の表情には、ちょっと極り悪そうな中に、どこか得意気な色が仄見えた。

教室には普段の活気がなかった。組全体が不吉な予感にすっぽり包まれ、みんなが席について先生を待つ間、ひそひそ話も途切れ勝ちであった。

いつもより大分遅れて担任の先生が入ってきた。うしろ手で乱暴に閉めた戸が脳天に響くような途轍もない音をたてたとき、予感が現実になったことを悟って、私は思わず目を伏せた。礼を終えるや、開口一番、先生は言った。

「野田、今日からお前が級長だ。訳は言わんでも、みんな判っているな」

案に相違して、その口調は静かだったので、ほっとして顔を上げた途端、これはただでは済まないと思った。先生の目は怒気をはらんで充血していた。相当御年配であったという他は、お名前もお顔もすっかり忘れてしまっているのに、そのとき先生の目が血走っていたことだけは不思議に覚えている。

私たち数人はこっぴどく叱られた。一人ずつ先生の前に出て行って拳骨を頂戴し、一時間目はずっと、あるいは途中まで、自分の席で立たされたように思う。先生としては、自分の担任する組から不敬を働いた不埒者《ふらちもの》を何人も出して、面子が丸つぶれになったのであるから、怒り狂ったのも無理はない。先生の面目を辛うじて救ったのが野田であった。それだけに野田はいよいよ高く祭り上げられ、あれよあれよと思う間に、まるで英雄の扱いになった。その煽りをくらって、私たちは天地雲泥の差をつけられ、とうとう人間の屑のようにされてしまった。腹の中では、「あいつはびっくりして立ち止まっただけなのに」と忌々しく思ったが、腹立ちまぎれにそんなことが言える雰囲気ではなかった。それにもしそれを口に出したら、先生の説教は目茶苦茶になってしまい、その結果がどうなるか判ったものではないので、黙ってうなだれていた。

先生は朝礼が終わってから、学校の教育方針を徹底させるように教頭先生に注意されたのかも知れない。私たちがまだ学校に上がりたての児童であるということは、少しも問題にされなかったであろう。何事かを信じさせようとするとき、訳の判らぬ幼いうちに頭の中へたたき込んでしまうのが一番簡単な方法である。

その時間、私たち数人が散々叱られた後、私たちの組は、天皇陛下が神様であり、生きておられる神様、つまり現人神《あらひとがみ》であらせられるということを懇々と言い聞かされた。

その後、何度か朝礼の日に遅刻した。しかし私はこの苦い経験で少しは利口になっていた。またうかつに、「恐れ多くも」や「畏くも」が頻繁に繰り返される朝礼に出て行って、再び不忠者になると、今度はどんな目に合わされるか判ったものではない。そこで遅れたときは学校に入らず、校内から朝礼の終わった気配が伝わって来るまで、近くの路地をうろついたり、塀の外を行ったり来たりして時間をつぶした。

丹鶴国民学校に在学した一年余りの間に、教室で勉強した記憶はほとんど残っていない。宿題を出されて、足し算や引き算をしたり、文字の練習をしたりしたことはかすかに覚えている。しかし帳面の大きな升目を埋めて折角覚えた、ゐやゐの文字も、てふてふ、わうさまの仮名づかいも、いつの間にか消えてしまった。今いささかぎこちない手つきで、ゐやゐを書いたのは多分三十数年振りということになろうか。

勉強の方の記憶はこのように朦朧としているけれども、学校で受けた訓練は、命に関わる事柄だけに、決して忘れはしない。

教室の中はいつも薄暗かった。恐らく、中庭に面した窓にも廊下に面した窓にも、爆風が生じた際、ガラスの破片が飛び散るのを防ぐため、和紙が十文字に加えて襷掛けに貼ってあったからであろう。その薄暗い教室の中でも一段と暗い教壇脇の隅に、古びた小さなオルガンが据えてあった。

毎朝、授業を始める前に、先生はオルガンの前に座って組全体をおもむろに見渡す。それを合図に私たちは身構える。高音がかすかにゆったりと教室の中に流れ出すと同時に、私たちは大急ぎで椅子の背に掛けてある防空頭巾をかぶる。オルガンの音が徐々に低音に移り、音量を増し、急調子に変ったとき、私たちは椅子をできるだけうしろへ引き、机の下に頭を斜めに突っ込んで腹這いになり、伏せの姿勢をとる。ここでオルガンは一番低い音階へと移り、しばらくの間、腹に直接響く陰鬱な音が教室全体に轟轟と鳴り渡る。その音が止むまで、つまり敵機が飛び去るまで、私たちはその姿勢を崩してはならない。

伏せの姿勢とは、まず俯せになり、親指で耳、小指で鼻、中の三本の指で目をそれぞれ押さえ、口を閉じてなるべく息をしないでいる状態をいう。これは爆風によって鼓膜が破れたり、目玉がとび出したり、あるいは窒息したりするのを防ぐための姿勢である。もちろん、直撃されたら、どんな恰好をしてみても所詮助かりはしないが、直撃弾を受けることなどめったにない。万一至近距離に爆弾が落ちたときには、この伏せの姿勢が威力を発揮して命拾いをすることがあると教わった。

この訓練で第一に要求されるのは機敏な行動である。初めのうちは、それがなかなかうまくいかなかった。防空頭巾のひもを結ぶのに手間取ったり、椅子を充分に引けず、頭が机の下に入らなかったり、伏せる場所を確保できなかったりして、みんなまごついた。そんなとき、先生の叱咤がとんだ。

「ぐずぐずするな……そんなことじゃ間に合わんぞ……どこでも構わん、空いているところに伏せろ……死んでもいいのか」

連日の猛特訓の甲斐あって、練習を始めた頃には、ガタン、ガタン、ドタバタと未練がましく尾を曳いていた物音も、そのうちにオルガンの音が急調子に低音部へ雪崩れ込むや否や、束の間一斉にガタピシ響くだけで、たちまち静まり返り、身動きする気配すら完全に消し去るほど私たちは腕を上げた。

この訓練がいつ頃から始まったのか判然としないが、入学早々からこんなことをしていた訳ではない。多分一学期の終わりか、さもなければ二学期に入って頻々と警報が鳴り出してからのことであろう。

私はいまだにオルガンの音が好きになれない。それはパイプオルガンでも同じである。バッハの「トッカータとフーガ」を聴いても、音を耳にした途端、胸の奥がドキンとして、次第に落ち着かない気分になってくる。小さいときにオルガンで散々脅かされたせいだろうと思っている。

戦局が逼迫するにつれて、訓練は教室の中だけでは済まなくなった。秋晴れの一日、私たちは校庭に集められた。校舎が炎上したときを想定して、避難訓練を行うためである。

学校は周囲をコンクリートの塀で囲まれ、出入口は北側の正門と西側の通用門の二箇所であった。校庭の東側の塀にも裏口があるにはあった。しかしそこはいつも頑丈な木の扉が閉まったままになっていて、塀の向こう側は瓦礫の山に雑草が生い茂る焼け跡らしい空地であった。その日は開かずの扉も開いていたが、私たちはそこから外に出たのではなく、思い掛けない別の逃げ道を教えられた。

学校の敷地を大別すると西半分が校舎、東半分が校庭で、校庭の北側に、材木の町、新宮を象徴するような総檜造りの講堂があった。

校庭の大分東に寄ったところを流れている大きな溝は、講堂の下を潜って地上に現れ、すぐに暗渠となって校庭を横切り、相撲場のある南側の塀の傍でまたちょっと顔を出して塀の外に消えていた。

溝が北から南へ流れているかのように書いたけれど、実際のところ、水がどちらへ流れていたのか覚えていない。地形から判断すると、逆に流れていたように思われる。講堂の傍で溝が地下にもぐるあたりに一本の柳の古木があり、その辺だけは足がかりがあって比較的楽に溝へ降りることができた。

私たちはそこから溝の中に追い込まれた。溝の底はほとんど干上がり、溜まった土砂の間を案外きれいな水がちょろちょろ流れていた。腰をかがめて暗渠に入ると、中はひんやりしていて、遠くには明るい光が小さく見えた。私たちは足もとに気を配りながら、結構面白がって暗がりの中を歩いて行った。

運動場の下を抜けて暗渠を出た。それから学校の塀の下を潜り抜け、首をもたげてオヤオヤと思った。いやに繁華なところへ出て来たようである。溝の中を更に少し歩いてから、一旦道路に這い上がった。いざというとき、そこから先はめいめい勝手に逃げ帰れと先生に言われた。

ところが私の家の方角には、溝に沿うた狭い通りに商家の混じる屋並がびっしり続いていた。そこからさして遠くない校舎が焼夷弾の攻撃を受けて燃えているという想定であったから、この一帯はたちまち火の回る恐れがあったし、そのような状況であれば、このあたりも一発や二発、直接被弾している可能性が大いにある。

学校の南側の地理を全然知らなかったので、幼い頭で余計に気をまわし、はなはだ心もとない気がした。もしこの通りが燃えていたら、どういう道順で家に帰ればよいのだろうと、ぼんやり周囲を見まわしているうちに、戻れと号令された。要領を得ぬまま再び溝に降り、校庭に戻って、その日の訓練はお仕舞いになった。

この訓練があった前後からであったと思うが、授業中に警戒警報のサイレンが鳴り出した。警報が発令されると、学校は生徒を帰宅させた。学校を出る時間にずれがあったのか、帰る道筋が違ったのか、兄と一緒に帰った覚えがない。あるいは学校は低学年の生徒だけ帰宅させたのかも知れない。警報のサイレンを聞くや否や、私たちは何はさておき帰り仕度をして、校門から蜘蛛の子を散らすように逃げ散った。

私たちの教室は通用門の方に近かったので、私はいつも通用門から逃げ出し、同じ方向へ帰る仲間と一団になって夢中で走った。しかしそのうち、家が近いものから一人減り二人減りして、決まって途中から一人切りになった。

どこの家でも、みんな家の中に隠れているらしく、道を歩いている人は誰もいなかった。静まり返った真っ昼間の通りに、自分の足音だけが追いかけて来るように響いた。途中で必ずくたびれてしまい、仕方なく歩いた。なるべく軒伝いに歩くことにして、時々上空を窺うと、澄み切った秋の空に、晒したてのふくよかな雲がのどかに浮かんでいた。

後には、学校から逃げ帰る途中で、警戒警報が空襲警報に変わることもあった。しかし昭和十九年には、帰り道で敵機を見掛けることはなかったし、家に帰っても、家主の家の防空壕に入れてもらうこともなかった。警報が解除になった後、学校に戻った記憶がないから、そんな日は恐らく臨時休校になったのであろう。

国民学校一年生のとき、多分勉強には身を入れていなかったために、教室で何をしていたのか忘れてしまったけれど、逃げたり隠れたりは、警報下の街を逃げ帰る実地訓練も含めて、みっちり仕込まれたので、大分上達した。こればかりは身を入れて励まざるを得なかったのである。

現在住んでいる家から荻窪駅や駅前商店街へ出掛ける際に、運動をかねて、私は二十分あまりの道をなるべく歩くようにしている。その道筋に、古びた木造家屋の密集した路地がある。

一昨年の秋、日が傾きかけた頃、たまたまそこを通りかかった。すると不意に、何の脈絡もなく、ミイヅという言葉が浮かんできた。その後も二度三度、およそ同じ時刻にそこを通ると、やはり同じ言葉が脳裡によみがえった。

こんな言葉は普段めったに思い出すものではない。二度目からは一種の条件反射かも知れないが、古びた木造家屋が立ちならぶ路地やそこへ斜めに射し込んでいる日暮れに間近い黄色味を帯びた西日が背景となって、この言葉が意識の表層に浮き上がってくるように思われた。

この言葉が頭の隅にちらつく度に、私は決まってひどく不快になった。そこで不用意に記憶をまさぐったりせず、急いで気を逸らし、この言葉を頭から追い払った。それでも、しばらくは後味の悪さが消えなかった。

私はミイヅの正確な意味は知らなかったけれど、子供の頃から自分なりにその固定されたイメージを持っていたし、これが天皇に関わりがあるらしいということも薄々感じていた。しかし路地を通る度に、しつこくこの言葉を思い出し、不愉快な気分になるので、とうとう、ある日、家に帰ってから、確認するような気持でミイズを広辞苑で引いてみた。

御稜威という字面をちらっと見た瞬間、私は早合点して、やはり御陵に類するものであったかと思った。字義のところに、みいつとあるので、今度はそっちを見た。「いつ」の尊敬語、天皇・神などの威光、強い御威勢と書いてあるのを読んで、私は一瞬唖然とした。

それまで私はこれとまるっきり違う意味を漠然と想像していたのである。それは抽象的な意味ではなく、かなりはっきりした一つのイメージであった。

幼いときから私が思い描いていたのは、茫漠とした薄明の水辺に無数の死骸が、あるいは折り重なって横たわり、あるいは水草にからまれて水面に浮かび、あるいはほとんど水中に没して、朽ち果てていく光景である。それをじっと見詰めていると微かな死臭が漂ってくるし、耳を澄ませば、どこか遠くで死者のすすり泣きにも似た風の音が聞こえる。そこは生命の気配をまるっきり感じさせぬ死者の世界であり、そこから連想するのは黄泉《よみ》の国である。

完全に誤解していたとは言え、どうしてこんな言葉が私の語彙の中に紛れ込んだのだろうと考えた。戦時中には御稜威も盛んに使われていたに違いない。学校で習ったのかも知れないし、ラジオで天皇に関する事柄を述べるときのアナウンサーの如何にもわざとらしい、まるで時代劇のように物々しい物言いの中から、この言葉を聞き取ったのかも知れない。

歌の文句にもあったような気がしたので、以前飲屋でもらった小さな軍歌集の頁をめくってみた。歌なら軍歌に違いないと見当をつけた通り、「見ヨ東海ノ空明ケテ」で始まる「愛国行進曲」の中に、「御稜威ニ副ハン大使命」の一節を見つけた。

この歌詞にはミイツと仮名が振ってあった。しかし私が知っていたのはミイヅであって、ミイツではない。ミイツと清んで発音すると、語感が変わって何の感情も湧いて来ない。

私がこの言葉を文字ではなく、耳から覚えたことだけは確かである。辞書を引くまで、私はこんな小難しい字は知らなかった。ミイツの方が正式な読み方であると判ったが、関西では、あるいは少なくとも私の周囲では、一般にミイヅと濁って発音していたに違いない。

それにしても、本来の字義とまったく異なるイメージが何故私の頭に定着してしまったのだろうと考えながら、ミイヅ、ミイヅと口の中で何度もつぶやいているうちに、ふとその原因らしきものに思い当たった。ミイヅに続く言葉が自然に口について出て来たのである。

戦時中、「海行カバ」という歌を始終耳にした。その歌い出しは、「海行カバ、水漬クカバネ」であった。水漬クカバネはミイズクカバネというように聞こえ、私自身もそう口ずさんでいた。

私はこの歌の意味を、誰に教わったのか判らないが、子供のときから大体正確に知っていた。この歌詞を仲介として、私はミイヅと水に漬かった屍のイメージを無意識に結びつけたらしい。こんな埒もない推理にふけっているうちに、それまですっかり忘れていた一つの出来事が少しずつ記憶によみがえってきた。

昭和十九年の秋も深まったある日、日暮には少しの間のある時刻、私は三、四人の仲間と連れ立って、大寺の山門へ真直ぐ通じる道を歩いていた。連れの一人は丹鶴の上級生、残りはまだ学校に上がっていない小さな子で、その中には千穂の学区に住んでいる者もいた。その道は千穂の学区内であったから、普段はあまり通らなかったが、その日はどこかで遊んだ帰りに、大寺の山門の近くに住む小さな子を送りがてら、路地を抜けてその道に出て来たらしい。

私は歩きながら、初めのうちは上級生と肝試しの話をしていたように思う。一時期、子供達の間で盛んに肝試しが行われた。日が落ちると、乙やんとその配下はもとより、乙やんの兄貴分に当たる中学生までが大寺の境内に集まった。目指すは清閑院である。山を背負った清閑院の裏は昼でも薄暗く、山裾の一隅には墓地もあって、暗くなってから伽藍を一回りするのは怖かった。

まず年長組の誰か一人が墓地に目印になるものを置いてきて、その置き場所を報告し、次に出掛ける者がそれを取ってくる。伽藍を一周する場合、清閑院の山門を入ったところに見張りが立ち、出掛けた者が確かに建物をまわったかどうかを見届ける。私のような小さな者は寺の裏をちょっと覗いただけで戻ってよいことになっていたから、それほど怖くなかった。

私たちの話は肝試しから、世の中で何が一番怖いかという問題に移っていった。墓場や幽霊も恐ろしかったが、その頃、私にはひどく気味の悪いものが二つあった。一つはミイラであり、もう一つは例のミイヅである。

ミイラはエジプトの本格的な木乃伊ではなく、大昔の干からびた死骸が何かの拍子に生き返り、夜な夜な街をうろついて悪さをするという怪奇譚のミイラである。多分そういうミイラの登場する漫画か映画か何かが、当時の子供の間ではやっていたという朧気な記憶が残っている。

私はミイラの話を兄から聞いた。それによれば、夜道を歩いているとき、うしろからカサコソ枯葉の散るような乾いた足音が聞こえたら、用心しなければならない。ミイラは何時の間にか人の背後に忍び寄り、両手を腋の下に突っ込んでくすぐるらしい。びっくりして振り返ると、骸骨に腐りかけた皮をくっつけたようなものがケタケタ笑いながら立っているという。暗がりで、そんな化物にくすぐられたらと想像しただけで、私は怖じ気をふるった。

私は連れの上級生に言った。

「何せ、こわいのはミイラとミイヅや」

「ミイラとミミズ」

「ミミズやない、ミ・イ・ヅ」

「ミイヅって何じゃ」

年上の子がミイヅを知らなかったので、私はいささか得意になり、薄暗い水辺を埋め、水面を覆っている夥しい死体が腐って行く光景を幼稚な言い回しで説明しはじめた。

話に夢中になって、私たちの一行が大寺の山門に間近い花街の傍にさしかかったとき、突然背後で「おい、おい」と呼び止める声が聞こえた。通行人は一人もいないと思っていたのに、私たちのすぐうしろに、かなり年配の痩せた小柄な男が立っていた。五分刈りの胡麻塩頭、小さな顔は黒く日焼けし、目付きが鋭く、全体としての印象は筋張っていて、すこぶる精悍であった。着流し姿であったような気がする。

「ミイヅが何じゃて……もう一遍言うてみな」

口調は穏やかで、顔の表情からは何も読み取ることはできなかった。一瞬とまどったが、多分難しい言葉を知っていると褒めてくれるのだろうくらいに思って、私は得々と再度説明にとりかかった。

みなまで言わぬうちに、いきなり私は張り倒された。突如逆上した男は、何か大声で口汚く罵り始めた。度肝を抜かれて、尻餅をついたまま、私はぽかんと男の顔を見ていた。この餓鬼とか天皇陛下とか校長とか言う切れ切れの言葉以外に、男が何をわめいているのか、私には皆目判らなかった。

男がまた手を振り上げたので、まわりにいた仲間がワッと叫んで逃げ出した。あわてて私も頬を押さえてその後を追った。ようやく家の近くまで逃げ帰り、男が追いかけて来ないことを確かめてから、石垣の下に集まって、何がどうなったのか、みんなで話し合った。しかし誰にも見当がつかなかった。

結局、年長の子が、「あれは気違いじゃ」と断を下し、私たちは納得した。しかしこのとき漠然とではあったが、私はミイヅが天皇陛下に関わりがある言葉で、張り倒された原因も、この言葉にあるのではないかと感じていた。そしてこれは以後みだりに口走ってはならない物騒な言葉だと思った。その後しばらくの間、私はその上級生に、「気違いの相手になって張り倒された」とからかわれて大いに自尊心を傷つけられ、極めて不愉快な思いをした。

この事件から三十数年経って辞書を引き、あのとき、あの男が何故逆上したのか、初めて合点が行った。しかし遠い年月の彼方から蜃気楼のように浮かんできたこの出来事は本当に現実に起こったことなのだろうか。この出来事を思い出した当座は、もしかすると、これは私の想像力が生み出した絵空事かも知れないと考えた。しかし、その後、やはりこれは現実に起こったのだと得心できるようなもう一つの出来事を思い出した。

このことがあった翌年の早春、家族と共に学校の傍の通りを歩いていたとき、向こうからやって来る国民服を着た男の顔を見て、私はどきりとした。身なりは違っていたが、その男はあのときの気違いか、さもなければ双児のように瓜二つであった。恐怖心に駆られて私は祖母のうしろに隠れ、すれ違うときには、袂にしがみついた。私の顔色が変わっていたに違いない。家族のみんながどうしたのかと尋ねたけれど、私は頑としてその理由を言わなかった。あの件には二度と触れたくなかったのである。ミイヅの意味も判り、それに絡まる出来事も思い出したせいか、近頃では、例の路地を通っても、この言葉を思い出すことはない。

昭和十九年十二月七日の昼下がり、突如大地が鳴動し、それでなくても気忙しいときに、とんでもない飛び入りの大騒動が持ち上がった。

まず概要を伝えるため、昭和四十七年発行の「新宮市史」より、和歌山県測候所発行の「紀州災異誌」の一節を孫引きする。

「七日十三時三十六分頃、三重・愛知・静岡三県を中心として大地震起り、津波をともない、被害甚大であった。震央（震源地）は志摩半島南南東二十粁と推定されている。和歌山県下では熊野灘沿岸は発震後十分乃至二十分にして津波に見舞はれ、高浪三米～五米に及び相当の被害を蒙った。

この方面は地震の最も強かった地域にして大体中震（震度四）程度で、地震直接の被害は軽微であった。然し新宮方面は異常で北西部の元町・馬町・初の地等が局部的に烈震（震度六）であって、死者六・負傷三十八・全壊家屋六十七・半壊家屋百四十六を出し、熊野神社の大きな石燈籠は大部分転倒した」

東南海地震と名づけられた大震災である。市がまとめた被害は和歌山県測候所の記録をかなり上まわっている。この地震によって、災害の中心地である名古屋方面の工業地帯は壊滅的な打撃を受けたようであるが、人心の動揺を恐れた政府は報道管制を敷いて、被害の実情を報道させなかったらしい。

私の家は「紀州災異誌」に言う市の北西部に当たり、元町のすぐ西側にあった。七日のその時刻に、私は学校から帰って昼食のふかし芋を食べ終り、胸焼けに苦しんで茶の間に寝転がっていた。その時食べた農林何号だとかいう薩摩芋は大きいばかりで実にまずかった。傍では祖母がまっくろけの配給米を一升瓶に入れ、竹の棒でついて精米をしていた。

サクサクと米をつく音を聞くともなしに聞いていると、四方八方そこら中のどこともしれぬ遠いところから、いまだかつて聞いたこともない身の毛のよだつような地鳴りが湧き上がり、家が大揺れに揺れ出した。天井裏がザザーと鳴って埃が頭上から降りそそぎ、電燈の笠がピョコンと跳ね上がってユラユラ揺れ、柱時計がひん曲がって振子がボボンと妙な音をたてて止まり、あちこちで箪笥の金具が一斉にカタカタ鳴り出した。

台所では、鍋、缶、鉢の類が棚から転がり落ちて大音響をたて、庭では、屋根瓦がずり落ちて軒下のコンリートに砕ける音がした。家全体がきしんで悲鳴を上げ、家中の物という物が大暴れしていた。

半身を起こしたものの、生きた心地もなく、体をこわばらせ息を詰めて地震が止むのを今か今かと待っていたが、揺れはますます激しくなるようであった。祖母が表を指して何か叫んだ。しかし口は動いても声がかすれて言葉にならなかった。

ともかく立ち上がろうとしたが、腰が立たない。ようやく中腰になったけれど、床が前後左右にふわふわ逃げて行き、のべつにたたらを踏むような感じで、とても歩けたものではない。とうとう二人共、四つん這いになって廊下を通り、台所に降りた。

土間には台所道具が散乱し、棚から落ちたザルや缶が転げまわり、大切な小麦粉の缶のふたが開いて、中味をあちこちにぶちまけていた。流しやかまどの縁につかまって、どうにか戸口まで辿りついた。ところが、今度は戸が開かない。「アカン」と祖母が悲鳴に似た声で叫んだ。開かないという意味で言ったのだろうが、私には「もう駄目だ」の意味にも聞こえた。

そのとき横揺れに加えて、下からどかんと突き上げられるような衝撃を感じた。その拍子にガラス戸がふわりと外側へはずれた。表の通りに面した勝手口の引き戸は、私が学校から帰ったとき、きっちり閉めなかったらしく、人一人通れるくらい開いていた。私たちは裸足のままふらつきながら、つんのめるように表へとび出した。そして玄関のほぼ真正面に当たる大寺の石垣の下に身を寄せた。

さしもの地震もようやく収まった。「新宮市史」に引用されている「和歌山県災害史」の一節に、「激動すること数分間」とある。しかし私には数分間どころでなく、延々と揺れ続けたように思われた。

玄関から母が妹を連れて出て来た。隣からも、又隣からも人が出て来て、私たちの傍に集まった。十人ばかりが石垣を背にして立ち、顔にやや安堵の色を浮かべ、口々に地震のひどかったこと、恐ろしかったことを興奮のあまり至極単純な切れ切れの言葉でしゃべり始めた。

ときどき、ほとんど気がつかぬほど微かに地面が揺れた。私はふと足もとに妙な気配を感じて下を見た。踵のうしろから小豆大、米粒大の黄色い土くれが湧き出すように現れ、細かく震えながら道の真中へ転がって行った。私は思わず「アレアレ」と口に出して、転がって行く土くれを指さした。

祖母が石垣を振り返りざま、「危ない」と叫び、私の手を引っ張って駆け出した。みんなもつられて、その後に続いた。地面がまた小刻みに揺れ出した。一同が又隣の玄関先の石垣付近まで走ったとき、激しい揺り返しが来た。

そのとき目の前で起こった出来事は最初の一揺れにも増して恐ろしかった。たった今まで私たちが一かたまりになっていたところへ、その真上から幅一間半乃至二間くらいにわたって石垣が崩れ落ち、大人の頭ほどの石が道路一面に散乱して黄色い土煙があたりに濛々と立ち込めた。みんな呆然として立ちすくみ、しばらくは口をきくこともできなかった。

大寺の石垣は山門から又隣の家の前にかけて堅牢な石組みであった。しかしそれは一旦途切れ、そこに寺の通用門へ登る幅一間ばかりの石段が道路と平行につけられていた。石段の分だけ奥へ引っ込んだところから、新たな石垣が私の家の前を経て清閑院の方へのびていた。この石垣には隙間が多かった。私たちが初めから頑丈な石垣の方へ逃げなかったのは、その上に漆喰塗りの築地がめぐらされていたので、それが倒れるかも知れない、というとっさの判断が働いたためである。

揺り返しで石垣を壊し、腹の虫も収まったのか、大鯰もようやく静まり、地面は一応いつもの堅固さを取りもどしたかのように見えた。しかしまだ時折軽い余震があった。もう一揺れ来るのではないかという不安から、誰もが家に入りかねていた。間もなく津波が来るという噂がどこからか伝わってきた。母は慌てて学校にいる兄を迎えに行き、祖母は中の様子を見るため家に入った。

祖父は自室の戸が開かず、外に出られなかったらしい。地震が収まってからも、足が不自由なせいもあって、津波の噂にも耳を貸さず、頑として家を出ようとしなかった。言うことを聞かぬ祖父に腹を立てて、後に祖母は、「地震にびっくりして腰を抜かし、家を出ようにも腰が立たなかったのだろう」と祖父の悪口を言っていた。

私は近所の人達と一団になって、大寺の裏山に登った。山を少し登ったところに竹藪があり、寺の近くの人が大勢むしろをもって避難していた。

小高い竹藪から市街を見渡すと、日は燦々と降りそそいでいるにもかかわらず、舞い上がった土埃が市の上空をすっぽり覆っているのか、街全体がぼんやり霞み、そのもやもやした大気の中に浮遊しているらしい無数の微粒子が日射しを反射してチカチカ光っていた。火の手も煙も見えなかった。ただ遠くの海と覚しきあたりに一本のぼんやりした白い筋が見渡すかぎり水平に延びているのが見えた。私はそれが津波の波頭ではないかと思った。

時が経つにつれて、様々な噂が流れてきた。市中第一の呉服屋である丁字屋の三階建ての建物が倒壊して大勢の人が圧死し、倒れた建物の下から引き出された死体が道端にごろごろ転がっているとか、その辺りの道路は負傷者の血で真赤に染まっているとか、どこそこの街角へ行けば、圧し潰された家の下敷きになっている人の呻き声が聞こえるとか。

噂は満更嘘ではなかったが、ただひどく大袈裟に伝えられた。夕方、後からやって来た家族と一緒に、私は竹藪から降りた。私の家は幸い家そのものに大きな被害はなかった。

翌日、倒れた石燈籠を見に速玉神社へ行った。途中の道筋に完全に潰れた家があった。ぺしゃんこになった家や無様に倒れた石燈籠を見て、私は改めて地面に不信の目を向けた。まるで前日の大騒動が嘘のように、地面は堅固にしらじらと静まり返っていた。この大地震は、常日頃不動のものと信じて疑わなかった大地が、一瞬にして、まるっきり頼りにならないものに変わることを教えてくれた文字通り驚天動地の出来事であった。

昭和十九年は震災の後始末で慌しく暮れ、明くる二十年の正月、わが家は栄町から船町へ転居した。移った日、近所の門口に松飾りを見掛けたから、まだ松の内であったに違いない。引越し先は空家同然になっていた材木商の家であった。その家の主は奥さんの結核療養のため別荘暮らしをしているとかで、いつまでも家を無人にして置く訳にも行かず、たまたま間に立つ人がいて、私たちの一家が借り受けることになった。

今度の家も随分広く、玄関らしい玄関のない商家の造りも私には物珍しかった。家の中央にある表通りに面した出入口から中へ入ると幅一間半程の土間が奥へ伸び、その先に格子戸がある。格子戸の向こうには左右に上がり口、更に奥へ進めば、左手にかまどや流しがならぶ炊事場を通って裏口に到る。

裏口から外に出ると、右手に洗濯場、左手に風呂の焚き口等があって、突き当たりの小屋まで屋根がついていた。つまり階下は土間によって真二つに分かたれ、履物を脱がずとも家の真中を表から裏まで一直線に通り抜けることができた。

部屋は土間の右側に三つ、左側に二つ縦に連なり、庭は右側の裏に一つ、左側の表に狭いのが一つ、裏に広いのが一つ、合わせて三つあった。確か総二階であったから、部屋数は倍になり、部屋は小さなものでも八畳はあったように思う。もっとも土間の左側の部屋はすべて畳が上げてあり、家主の家財道具も若干残っていたので、私たちが実際に使用していたのは建物の右半分である。

熊野川に沿うた船町は地震の際に川縁の家々の屋根瓦が川原へずり落ち、その轟音と舞い上がる土煙で付近一帯の人々の心胆を寒からしめたと聞いていたが、転居したときには、すでに一応の後片づけも済み、町並は落ち着いた静かなたたずまいを見せていた。

私の家の数軒先で町筋は途切れ、速玉神社の裏参道に入る。境内に入らず右に折れるとすぐ川原、左へ行けば、狭い道が神社の森に沿って表参道へと通じている。鬱蒼たる杉木立が黒味を帯びた緑の壁となって終日陽光を遮るので、その小道は雨が降れば、いつまでもぬかるみ、昼日中でも小暗く、日が暮れると燈下管制のせいもあって燈影一つ見当たらず、濃密な闇が長々とのたくっている闇の巣のような気がした。

この道を抜けて表参道へ行き、樹齢千年といわれるナギの巨木の下でよく遊んだ。船町での遊び場は主に速玉神社の境内と熊野川の川原であったが、こちらには乙やんのような親分はいなかった。


「新宮市史」によれば、市の上空に初めてB29が姿を現したのは一月半ばの頃である。引越しして間もないその日、私は元の家の様子をちょっと覗いて見たくなり、ついでに遊び友達の顔も見て来ようと思って栄町へ出掛けた。途中で警戒警報のサイレンが鳴った。どうせすぐに解除されるだろうと高をくくっていると空襲警報になり、微かな爆音さえ聞こえてきた。家へ駆け戻るには遠すぎた。

困惑して、清閑院の境内に隠れようか、元いた家の隣家にでも逃げ込もうかと思案しながら、清閑院の石垣へ真直ぐ伸びている広い砂利道に出た。ところが、いつもと様子が違って、路上にかなり大勢の人が立っていた。爆音が近づくにつれて家の中からも人が出て来て、みんな道の真中に集まり、てんでに空を見上げた。ラジオで新型爆撃機B29来襲と放送したのかも知れない。

それは思いもよらぬ高みを飛んでいた。澄み切った青空に、やゝ青みを帯びた金属光沢を放ち、白い飛行雲を幾筋も曳きながら飛んで行く編隊は出来立ての精巧な玩具のように見え、夢のように美しかった。遥か下の方を味方の戦闘機数機が追いかけていた。しかしB29はまるっきり歯牙にかけぬ様子で悠然と飛行を続けていた。高度も速度もまったく違うから、戦闘機はどうすることもできず、段々引き離されて行った。

通りにはいつの間にか驚くほど沢山の人が集まっていた。北の空をぽかんと見上げていた人々が、われに返って口々にしゃべり始めた。

「あの高さであの大きさじゃ、さぞかし大きなもんじゃろな」

「それにしても逃げ足の早い奴じゃ」

「しかし見事なもんじゃのう」

「大したもんじゃ」

仕舞には、その速度や燦然と輝く機体に感嘆して、みんながまるで合言葉のように、大したもんじゃ、大したもんじゃと言い合った。居合わせた按摩さんまでが興奮し、見当違いの空を仰いで「大したもんじゃ」と言ったものだから、傍にいた腕白共がそれを聞き逃す筈はない。

「目が見えんのに何で判るんや」

「音を聞けば大体の見当がつく」

「そっちじゃないわい、見えもせんのに敵の飛行機に感心しとる」

鼻の頭が赤いこの按摩さんを乙やん配下の腕白連中は「鼻赤チンチロリン」と囃し立て、よくからかった。按摩さんは癇の強いたちだったらしく、いつも小柄な体を震わせ、本気になって腹を立てた。私はその場のやりとりから事の成り行きを察して逸早く按摩さんの傍を離れた。

案の定、誰かが「鼻赤……」と口を切るや否や、按摩さんは先に一本取られている だけに余計頭に血がのぼったと見えて、猛然と声のした方へ突進し、杖を目茶苦茶に振り回した。まわりの人々はびっくりして飛び退いた。

B29を見たせいか、私は元の家を覗く気もなくなり、人々が散り始めるのを潮に、按摩さんを宥める声をうしろに聞きながら、そのまま家にとって返した。

それから幾らも経たない一月の下旬か二月の初めのよく晴れた寒い日のことであった。多分御幸通りと呼ばれていたのではないかと思うが、船町とその隣の筋の上本町とをつなぐ通りの路上で十人ばかりの新しい遊び仲間と遊んでいると、突如警報が鳴った。警戒警報抜きで空襲警報が鳴り出したのか、二つの警報が続け様に鳴ったのか、ともかく私は目と鼻の先の家に戻れなかった。

警報とほとんど同時に上空に敵機が現われた。最初に敵の戦闘機が一機、川の上を低空で川上へ向かって飛び去った。その直ぐ後を味方の戦闘機二機が追撃して行った。その後ろをまた敵と味方が追っているのか、追われているのか数機ずつ飛んで行った。

私が見たのは来襲した敵機のごく一部であったと思うが、数えると敵の方が少し多かったので、大いに気をもんだ。一旦視界から消えた飛行機は上流で方向を転じたらしく、今度は反対の方角から爆音が近づいて来た。

目の前の歯科医院が一緒に遊んでいた仲間の家であったのを幸いに、私たちは全員そこへ逃げ込んだ。めいめい履物を手にもち、診療室の脇を駆け抜け、庭の防空壕へ飛び込んだ。壕の中は歯医者さんの一家と闖入《ちんにゅう》した子供たちで鮨詰めになった。上空では敵味方の飛行機が何度も行き来して、空中戦が続いているようであった。

しばらくして頭上が静かになった。私たちは窮屈な壕の中からぞろぞろ這い出した。年嵩の子が真先に二階の物干台へ偵察に行き、私たちもその後に続いた。先に物干台に上がった子が私たちに怒鳴った。

「敵の飛行機が落ちて来るぞ」

私たちは大急ぎで物干台の階段を駆け上がった。速玉神社の森を掠めて川口の方へ逃げる敵の飛行機が物干台のすぐ傍に飛んで来た。機体をこちらへ三十度ほど傾け、下がった右翼から、あるいは右の尾翼からであったか、一筋の黒煙を噴いていた、防風窓を通して、操縦席で左右を見まわしている飛行帽をかぶった飛行士のいやに白い顔がはっきり見えた。

期せずして私たちは一斉に「万歳」と叫んだ。途端にバリバリと耳をつんざくような音がして、機首の前方に薄煙が上がった。肝を潰してわれ勝ちに物干台から降りようとしたので、私たちは団子になって階段を転げ落ちた。

急いで起き上がり、空を見上げると、敵機は機体を水平に戻し、相変わらず一筋の煙を吐きながらも、どうにか高度を保って川口へ飛び去った。川の上空を味方の戦闘機が二、三機、下流の方へ飛んで行った。敵機は多分撃墜されたと思うが、いくら耳をすましても墜落する音は聞こえなかった。

三月初旬のひどく寒い朝、私たち一年男子は通用門から校庭へ抜ける通路の隅に集められた。校舎の角のあたりの通路が広くなったところに大勢の生徒がひしめき合い、四、五人の先生が羊飼いのように、ともすれば乱れそうになる生徒の群を叱咤しながらどうにかまとめていた。

抜けるような晴天で、屛際に植えてある桜の梢には明るい日射しが降り注いでいたが、通路は校舎の陰になって薄暗かった。冷たい風が絶えず吹き抜けていき、じっと立っていると歯の根が合わなくなるので自然とみんな足踏みをしていた。

私たちはそこで歌の合同練習をした。その歌は卒業式のとき、講堂で合唱したのではないかと思う。しかし卒業式の記憶はぼやけていて、ほとんど何も思い出せない。歌詞はすでに教室で叩き込まれ、節もオルガンで練習済みであった。

曲名は「勝ちぬく僕等少国民」、その歌詞をこゝに引く。

勝ちぬく僕等少国民

上村数馬作詞　橋本国彦作曲

一

勝ちぬく僕等少国民　天皇陛下の御為に
死ねと教へた父母の　赤い血潮をうけついで
心に決死の白欅《しろだすき》　かけて勇んで突撃だ

二

必勝祈願の朝詣《あさまいり》　八幡さまの神前で
木刀振って真剣に　敵を百千斬り斃す
ちからをつけて見せますと　今朝も祈りをこめて来た

三

僕等の身體《からだ》に込めてある　弾丸《たま》は肉弾日本魂《やまとだま》
不沈を誇る敵艦も　一発必中體當り
見事轟沈させて見る　飛行機位は何のその

四

今日増産の帰り道　みんなで摘んだ花束を
英霊室に供へたら　次は君等だわかったか
しっかりやれよたのんだと　胸にひびいた神の声

五

後に続くよ僕達が　君は海軍予科練に
僕は陸軍若鷲に　やがて大空飛び越えて
敵の本土の空高く　日の丸の旗立てるのだ

練習を始めるに先立って、他の組の担任の先生が一席ぶった。話は玉砕を枕にして始まった。多分サイパン、レイテに関するものであったと思われる。玉砕という言葉はラジオや新聞で盛んに使われて当時は日常語になっていたらしく、私はその言葉を知っていたし、仲間もみんな判ったような顔をして聞いていた。本土決戦、一億玉砕も、もはや単なるスローガンではなく、現実問題として考えなければならなくなっていたのであろう。

先生は私たちに大体次のようなことを言った。

「今も言ったように、敵はすぐ間近まで攻め寄せて来ている。もしこの新宮に敵が上陸して来たら、お前たちはどうするか。ひょっとすると、来月にも敵が鵜殿の浜に上陸するかも知れんのだぞ。さあどうする。逃げるのか……いや、逃げてはいかん。まずお母さんやお姉さんや妹を安全なところへ避難させなければならない。お前たちは小さくても男の子だ。少国民だ。お国のために、お母さんや妹のために、お前たちも闘わねばならん」

この話を聞いて「これはドエライことになった」と思うのと同時に、いつもと大分話が違うようだと感じた。私たちは毎日のように教室で伏せの練習をし、外では焼夷弾攻撃に対する避難訓練もした。警報が発令されると上空を気にしつつ一目散に逃げ出した。

「飛行機位は何のその」と叫んでみても、その飛行機の恐ろしさを学校で散々教え込まれ、実地でもすでに味わっている。つまり私たちは逃げたり隠れたりすることばかり訓練されていたのであって、実際に闘うなどということは聞いたことがなかったし、思ってもみなかった。

今この歌詞を読めば、そのときの先生の話がこの歌を合唱するに際しての歌の趣旨に則った一種の景気づけであったことが判る。しかし当時はそんなことを察することができなかった。先生の言葉はすべて真に受けて聞いた。

もうすぐ飛行機や軍艦で攻め寄せて来るという敵と藪から棒に闘えと言われ、しかもどう闘えばよいのか具体的な説明は何もなかったので、余計に頭が混乱した。そして次第に闇の塊を頭からかぶせられたような気分になった。

「するともうじき死ぬのかな」と思ったら、急に尾骶骨のあたりから力が抜け落ちていき、頭の中がぼんやりしてきた。気が遠くなっていくようなその感覚にはすでに馴染みがあった。そのときも「あれだな」と直ぐに思い当たった。

平行して走る船町と上本町を梯子状に結ぶ幾筋かの横町のうち、大橋付近の横町の上本町に寄った西側に古びた仏具屋があった。表のガラスの引戸の上に大きなペンキ絵が掲げてあり、ひび割れして大きな鱗に覆われたようなその画面には、青と赤を基調にした地獄絵が描かれていた。

図柄は針の山とか血の池とか、至極ありふれたものであった。ペンキが色褪せ、あちこち剥げ落ちて、すっかり干からびてしまった地獄はさして陰惨な印象を与えはしなかった。それでもやはり薄気味悪く、そんなものは見たくもないのだが、その前を通るたびに、つい足を止めてしまう。

そのうちに何故かその絵が段々気になりはじめた。突然見たいような、見たくないような訳の判らない感情が込み上げてきて、時折日暮に、何かに急きたてられるように仏具屋の前まで走って行った。夕闇が立ちこめるにつれて、もともと定かならぬ絵はますます曖昧になり、仕舞いには暗い濃淡のまだらな模様に変わってしまう。

私にとって、死とは死体になることであった。判っているのはそれだけで、それが実際にどういうことなのか、考えることができなかったし、あちら側の世界を想像することもできなかった。それでも、仏具屋の店先に佇んで、もうほとんど識別できなくなった地獄絵を見上げていると、暗い未知の世界へふっとひきずり込まれるような気がして、一瞬気が遠くなるような感覚を味わった。そこに死の手掛りのようなものを感じていたのかも知れない。

記憶を手繰ると、この地獄絵は鴨居の上の左半分に描かれていて、その右側にはこれと対になる極楽の図が描かれていたように思う。しかし極楽の方にはあまり関心がなかったと見えて、しげしげ眺めた記憶がない。

ぼんやりしているうちに先生の話が終わり、続いて他の先生からそれぞれ一言あった。どれも似たような話であった。「勝ちぬく僕等少国民」を歌うにあたって、少国民の士気を鼓舞しようとした先生たちの目論見はさっぱり功を奏さなかった。そんな話を聞いて奮い起つには私たちは幼過ぎた。私たちはかえってシュンとしてしまい、さっぱり意気が上がらなかった。

歌の練習が始まった。何度か繰り返すうちに合唱はぴったり合って、大体うまくいったように思われた。しかし一箇所だけどうしても先生方の意に満たぬところがあった。それは歌詞で言えば二行目の前半の部分である。

一番に例を取るなら、「死ねと教えた父母の」というところは、チチで音程が高くなり、ハハで下がり、ノでもっとも高くなるが、ノを長く引っ張る途中で一旦一音下がる。元気よく歌えと言われるから、チチやノのところで一段と声を張り上げるのだが、何度歌って御詠歌のようになってしまう。先生方はその都度首をかしげ、「まだ弱いな」「もう少し何とかならんか」などとボソボソ言い交わしてから、「元気がない」とやり直しを命じる。

大体この歌自体が負け戦の歌である。やけっぱちになって、子供を特攻隊に仕立て上げようとする歌である。当然歌詞の雰囲気を反映して節も物悲しい。幾ら声を張り上げても勇ましい調子になる筈がない。

何度繰り返しても、どんなに勢一杯怒鳴っても、やり直しを命じられるので、生徒の間にはっきりとは言葉にならない不平不満の声がくすぶり始めた。それを見て取って先生は「ちゃんと歌えるまで何回でもやらせるぞ」と威かした。破れかぶれになって、節も何も日茶苦茶に私たちが「父母の」を絶叫したら、「まあいいだろう」というので、練習はやっとお仕舞いになった。

私はこの歌詞の一番と三番を一部混同して覚えていた。曲がりなりにも歌える歌は私にとって貴重ではあったが、これを歌ったことはない。正しい歌詞を見た今では、少なくとも一番と三番なら正確に歌うことができる。しかしたとえ歌詞を思い浮かべることはあっても、練習のときのみじめな気持のからみついている、このけたくそ悪い歌をこれからも歌うことは絶対にない。それにしても、練習のとき、あんなにみじめな気持になったのは、今考えると、何よりも寒さのせいであったように思われる。

新学期が始まる前後のことであったと思うが、私たちは一家を挙げて鵜殿の浜へ流木を拾いに行った。かまどにくべる薪がなくなったからである。鵜殿は熊野川の川口の対岸の村で、川の向こうは三重県になる。

ひっそりした広い砂浜に大小様々な流木が打ち上げられていた。私たちは丸太のようなものには手をつけず、持ち運びに都合のよい手頃なものを選んで一箇所に集めた。程なく持ち切れないほどの薪の山が出来上がった。一仕事終えて、私たちはてんでに渚をぶらついたり、流木に腰を下ろしたりして、のんびり休んでいた。

そのとき警戒警報のサイレンが聞え、時を移さず空襲警報になった。さえぎるもののない砂浜で空襲警報になったので、私たちは慌てふためき、上空を気にしながら大急ぎで近くの松林の中へ逃げ込んだ。

一かたまりになって松の根に腰を下ろし、何気なく海を見て、びっくり仰天した。水平線におびただしい軍艦が忽然と現れたのである。それらは段々大きくなり、一定の間隔を置いて一列に連なった。

見渡すかぎり展開していたのは駆逐艦とそれよりも小型の軍艦であったらしい。栗の毬のようにくしゃくしゃと砲身に覆われた巨艦は目の届く範囲には見当たらなかった。普段そんなところに艦隊がうろうろしている筈はないから、作戦行動の途中、熊野灘にさしかかった艦隊がたまたま沿岸を警備するような形になったのであろう。

私たちはそのおびただしい数に感嘆して、「日本にもまだ随分軍艦があるんだなあ」と言い合い、空襲警報の最中ではあったが、ちょっとはしゃぐような気分になった。しかしそのうち、多分、祖母が、「どうして艦隊があんな形で海岸を固めているのだろう」と言い出した。それを聞いてみんなが顔を見合わせた。

敵は空からやって来るとはかぎらない。艦隊の向こう側に敵の潜水艦が潜んでいるのかも知れない。私たちは急に元気を失い、水平線の彼方を気にしはじめた。駆逐艦がうようよしているところに潜水艦が現れるとは考えられなかったけれど、艦隊がいつまでも新宮の沖に張り付いている訳ではない。次第にうすら寒い風が背筋に吹き込んで来るような心持になった。

「もし今、敵の編隊が飛んで来たら……」と誰かが言った。今度は空の方が心配になった。目の前で戦闘が始まったら、大変なことになる。それまで心強く思っていた艦隊が一転して不安の種になった。じりじりしながらも、私たちは松林から出なかった。今更どこへ逃げても、変わりがないように思われた。

警報は随分長い間続いた。しかし幸い何事もなく解除された。それを合図に艦隊は一斉に艦首を沖へ向け、水平線の彼方へかき消すように消えて行った。

私たちは急いで持てるだけの流木を持ち、そそくさと海岸から立ち去った。ピクニック気分の往路と違って誰もあまり口を利かず、黙々と帰途を急いだ。次第に間近に迫って来る敵の気配をひしひしと感じて、心は暗く、肩の荷は重かった。


四月に入って私は国民学校二年生になった。ある日、全校生徒が臨時集合で校庭に集められた。日射しは強く、生徒はみんな白い半袖のシャツを着ていたから、四月の末か五月の始めであったかも知れない。

年が変わってから、阪神および中京地区へ爆撃に向かう敵機は必ず潮岬の南方洋上に現れ、新宮の上空を通過した。往きも返りも同じコースを飛ぶので、警報が出ると一旦解除になっても、数時間後には必ずまた警報が鳴った。新宮はいつも空襲警報の往復びんたを食わされることになった。しょっちゅう警報が発令されるため、勢い登校する日数も少なくなる。二年生になってから勉強した覚えがないのも当然かも知れない。

その日の臨時集合の伝達事項は唯一件、艦載機の襲撃についての注意であった。

艦載機なるものが航空母艦から発進する戦闘機であることは知っていた。しかし艦載という言葉が私の語彙にまだなかったので、私の知っているカンサイをそれに当てはめ、それが関西に来襲するから関西機だろうと思っていた。

ところがラジオでその関西機が名古屋方面を襲撃したと放送しているのを小耳に挟み、どうも変だと思って、「関西機が何で名古屋へ行くんや」と祖父に尋ねたことがある。当然のことながら、祖父は私の質問の真意を理解できず、「それはどこへでも飛んで行く」と答えた。長じてから文字を見て、私は初めて納得が行った。

テラスの朝礼台の脇に立って、先生はおよそ次のような話をした。

「艦載機の襲撃が日増しに激しくなっているから、みんなも用心しなければならない。極悪非道な敵は女子供に対しても情容赦なく機銃掃射を加えてくる。これが機銃の弾だ。こっちと較べて見ろ」

先生は二発の弾丸を私たちに見せた。もちろん薬莢だったのであろう。一発は真鍮色のずんぐりむっくりした普通の弾であったが、もう一発は私の度肝を抜いた。恐ろしく細長いその弾は全体の三分の二くらいが円錐形になっていて、先端が針のようにとがり、先生の指先でステンレスのような冷たい金属光沢を放っていた。触れば突き刺さりそうなその弾丸を見て私は怖じ気をふるった。

「先だって県下の国民学校の学童が二名、敵機の襲撃を受けた。広い田圃の真中にいたから隠れるところがどこにもない。二人は別々になって畦伝いに逃げた。この二人がどうなったと思うか……一人は必死で逃げたが、撃たれてしまった。もう一人は逃げながら、とっさに着ている白いシャツを脱ぎ捨てて田圃に伏せた。敵機は脱ぎ棄てられたシャツに機銃を浴びせて飛び去った。逃げるにしても、ただ遮二無二逃げればよいというものではない。頭を働かせるのだ。特に白いシャツは上空からも目立つから、なるべく白いものは身につけない方がいい」

それから先生は、白い衣服を染めるには、ヨモギを煮立て、その煮汁の中に衣服を浸すのが一番簡単な方法だと教えた。

その日、私は早速川原へ行き、大きなヨモギを摘んで来て、白いシャツを染めてくれと母にせっついた。白地のシャツをヨモギで染めるなど飛んでもない、と母は渋った。しかしこちらは先のとんがった恐ろしい弾丸が頭にこびりついているから、これは先生の言いつけだと我を張り通した。結局母は一枚か二枚だけ染めることにしぶしぶ同意した。母が釜に湯を沸かし、ヨモギを煮立て、シャツを染める一部始終を私は傍で見張っていた。

シャツの胸には姓名と血液型を墨で書いた布切れが縫い付けてあった。それを取らずに蓬の煮汁に漬けたものだから、墨がにじんだようになり、おまけに染めむらもできて、仕上がりは散々であった。しかし私は出来損ないの簡易迷彩服に満足した。そしてそれを着たときは、これで一安心という心持になった。


次に記す出来事は、その前後の記憶が欠落しているので、時期も場所もはっきりしない。多分時期は五月頃だと思う。場所は子供のときから、何となく串本の近くだと思い込んでいた。しかし数年前、たまたま串本付近の海岸の写真を見て、それが怪しくなった。

写真で見ると、串本付近の海岸は岩場が連なっているようだし、その先の潮岬は台地状になっていて、波濤が岩礁を噛み、荒磯に砕け散る荒々しい光景を呈している。私の見た海岸は、それとは対照的に広々とした砂浜で、海は眠っているように穏やかであった。もっとも串本付近にも、そのような海岸があるのかも知れない。あるいは、その場所が新宮の近くであった可能性もある。

畑の端に半ば樹木に覆われて、風雨に洗い晒されたような細長い家がぽつんと建っていた。某月某日朝、私は祖父のお供をしてその家を訪ねた。祖父が誰を何の用で訪ねたのか、今となっては判らない。

砂地を踏んで近づくと、それは三軒長屋で、目指す相手は一番奥に住んでいた。しかしその家の玄関には鍵がかかっていた。手前の二軒にも声をかけたが、誰もいないようであった。玄関先の伏せ籠の中で二羽の雌鳥が低く鳴き交わしているばかりで、家の周囲にも人の気配はなく、あたりは静まり返っていた。

「今日は日曜日だから……」と祖父が私に言い訳めいたことを言った。しかし覚えているのは冒頭の言葉だけで、そこから先は在宅の筈だと言ったのか、不在の理由を憶測したのか、忘れてしまった。しばらく長屋のまわりをうろついた末、誰も帰ってくる様子がないので、私たちはあきらめて、その家を後にした。

しばらく歩くと海岸に出た。海は凪いで水平線に少し薄雲が掛かっていた。燦々と降り注ぐ日射しは強かったが、暑くはなかった。左手には広々とした白い砂浜がどこまでも続いていた。右手の大分先の方で、海岸が深く切れ込んで入江となり、海を隔てた向こう側の砂浜が突出して小さな岬になっているために、遠くから眺めると、それが水量豊かな大河の対岸のように見えた。

岬の突端には白い燈台が上半分を覗かせ、燈台も対岸の白砂もハレーションを起こして滲んだように眩しく輝いていた。私たちは波打際に出た。見渡したところ、浜辺に人家は見えず、砂浜に人影はなかった。遥か沖合に一群の海鳥が海面を掠めて飛び交っていた。私たちは燈台を眺めながら渚伝いにゆっくり歩いて行った。

ふと私たちは足をとめた。波の音にまじって微かな爆音が聞えるような気がした。耳をすまして空を隈なく見回した。水平線の一角に黒い胡麻粒のようなものが後から後から湧き出てきた。

おびただしい飛行機であった。私たちは顔を見合わせた。そのおびただしい数が私たちを不安に陥れた。味方の大編隊など見たことがなかったからである。

「サイレンが聞えたか」

「聞こえん、敵やろか」

「いや、そうとはかぎらん。目はお前の方がいいんだからよく見ろ。翼の下に日の丸は見えんか」

「まだ見えん」

一縷《いちる》の希望を抱いて無意味な言葉を掛け合いながらも、私たちは首をねじって編隊を見詰めたままじりじりと波打際から後退しはじめた。ほとんど時を移さず、私たちは同時に「敵だ」と叫んだ。別に確証はなかったけれど、直感的に判ったのである。

何一つ遮蔽物のないだだっ広い砂浜を私たちは全速力で逃げ出した。とは言っても、祖父は足が不自由だから走れない。その上、砂地である。祖父の杖を持っていない方の手をひっぱり、やきもきしながら、私は近づいてくる編隊を何度も振り返った。

祖父は一所懸命に歩を運びながら、「日の丸は見えないか」と繰り返し尋ねた。しかし飛行機は翼の下が見える角度まで近づいていなかった。それに編隊は私たちの方へまっすぐ突っ込んで来るように見えた。とうとう祖父は「お前、先に逃げろ」と言った。だが、そんなことができるものではない。やっと砂浜が尽きて、砂浜沿いの小道に出た。しかしそこにも身を隠す場所がなかった。

戦闘機は超低空で侵入して来た。三角形を幾つも組み合わせた大編隊の先頭は、すでに砂浜の上空に達していた。小道の向こう側は一段高くなった傾斜地で、道に沿って帯状の畑になり、赤茶けた畑には竹を交差させた支柱が立ち並び、それに丈ばかり伸びた恐ろしく貧弱なサヤエンドウの蔓がだらしなく絡まっていた。一瞬、何故もう少し葉が茂っていないのかと舌打ちしたくなった。

私たちが畑の中へ身を投げ出すと同時に、編隊の第一陣が轟音を響かせて頭上を通過した。私は匍匐《ほふく》前進して支柱の中に這い込み、伏せの姿勢をとった。機銃掃射に伏せをしても始まらないが、これは常日頃の習練のなせる業であり、伏せを実地に行ったのは後にも先にもこの時ただ一度だけである。いくら耳をふさいでも、全身に突き刺さるような猛々しい爆音が次から次へと波のように押し寄せてきた。空っぽになった頭の中が絶え間ない爆音にすさまじく共鳴した。

このとき遭遇した編隊がどの程度の規模であったのかは判らない。私が覚えているのは無数の胡麻粒をまき散らしたような戦闘機の群がぐんぐん近づいて来る光景と、畑に倒れ込むとき一瞬目に映ったのであるが、一斉に機首をもたげて急上昇して行く先頭集団の機影だけである。

やがて爆音が遠ざかり、あたりが静かになった。しかし全身から力が抜け落ち、頭がぼんやりして起き上がることもできず、そのまま畑の中に転がっていた。そのうち気配を感じて頭をもたげると、下の道から祖父が呼んでいた。

支柱の間から後ろ向きに這い出し、道に降りた。そしてまず泥だらけになった服をはたこうとして気がついた。全身がわなわな震え、歯の根が合わない。いくら歯をくいしばっても、丹田に力を込めても、背中の下の方から波紋のように広がる震えがどうにも止まらなかった。

しばらくの間、轟音のせいで耳が聞こえなかった。私たちは砂浜に沿った小道を入江の方へのろのろ歩いて行った。やがて道が二股に分かれ、かなり広い道が右方向へ伸びていた。私たちはそこを曲がって海岸を離れた。

祖父の声がどうにか聞き取れた。「大編隊だったのが幸いして、われわれには目もくれなかったが、小さな編隊だったら、やられていたかも知れん」

道の右側には木立が続き、左側は道沿いに豆畑、その向こうは艶やかな緑の雑木に覆われた小山であった。こちらの畑の豆は成長がよく、地面が見えないほど葉を茂らせているのが忌々しかった。

私たちが頼りない足取りで歩いて行くと、前方で空襲警報のサイレンが鳴り出した。警報を聞く度にいつもギクリとするのだが、このときばかりはその音がひどく間が抜けて聞こえた。

昭和二十年の一月から五月までに新宮市は月に一度か二度の割合で、爆弾、焼夷弾あるいは艦載機の機銃掃射による攻撃を受けていた。六月の爆弾と焼夷弾の投下は三度である。

六月二十二日は太陽がじりじり照りつけ、ひどく暑かった。午後、私が裏の大きな庭で一人遊んでいると、いきなり空襲警報になった。サイレンの音とほとんど同時に上空から爆音が聞こえ、それが段々近づいて縁側のガラス戸が激しく震動しはじめた。

家の裏には母屋と屋根続きになっている小屋が二つあった。右側の小屋は戸がなく、何かを貯蔵するため、中に広さ約一畳、深さ一米くらいのコンクリートで固めた穴がつくってあり、私たちはそこを防空壕代りに使っていた。

私がその小屋へ行こうとして庭の木戸を開けるのとほとんど同時に、祖母が裏口から飛び出して来た。悪寒を覚えるような薄気味の悪い爆弾の落下音がすぐ近くで聞こえた。

穴の入口に到達したちょうどそのとき、すさまじい衝撃を感じた。私たちは穴の底に叩きつけられた。穴の中に倒れたまま、激しい衝撃を受けるたびに生きた心地もせず、息を殺して敵機の飛び去るのを待っていた。

爆音が聞こえなくなったので、私たちは穴から這い出した。体がねじれたような感じで、歩くと全身がどことなくおかしな具合であった。祖母に続いて家の中へ入ろうと思い、何気なく足もとを見て思わず叫び声をあげた。たたきにぽとぽと血が滴り落ちていた。不思議なことに血が噴き出している肘や膝頭にほとんど痛みがなく、頭や背中に鈍痛を覚えた。

洗い場の水道で傷口を洗い、簡単な手当てをしてもらって、もう一度庭に出た。庭に面したガラス戸が一枚残らず見事に割れ、庭先に散乱した破片が強い日射しを反射して眩しく輝いていた。

翌朝、妹を連れて被弾した大橋へ爆撃の跡を見に行った。橋を渡り始めて直ぐのところに分厚いコンクリートを突き破って、体がすっぽり入りそうな穴ともう少し小さな穴が二つ三つあいていた。

橋にはあまり命中せず、後は川原に落ちたらしい。穴から覗くと遥か下の方に川原の丸石がいやにはっきり見えたが、別段変わった様子もなかった。穴から川風が勢いよく吹き上げ、下を見ていると目が痛んだ。意気込んで出向いた割にはひどく壊されていないので、拍子抜けして早々に引き上げた。

夜間に警報が鳴るようになってから半年経った。その間、寝る前に衣服を畳んで持ち出す荷物と共に枕もとに置き、暗がりでも手早く身支度を整えて逃げ出せる態勢を取っていた。しかし、実際には、一晩に何度も叩き起こされるは辛く、寝惚けているので一人で服も着られないことが多かった。

時と共に、警戒警報を飛び越していきなり空襲警報が鳴ったり、警報より先に爆音が聞こえたりすることが頻繁に起こった。起こす方も悠長に構えている訳にもいかず、私は何度も夜中にいきなりびんたを張られてとび起きた。

家には小屋の隅にコンクリートの穴があるだけで、防空壕はなかった。この穴は壕と言うより蛸壺に近く、せいぜい二、三人しか入れない。六月頃から私たちは危なくなると隣家の材木商の大きな防空壕に入れてもらった。

この防空壕は玄関を入って廊下を右へ行き、突き当たりを左に曲がったところにある部屋の床下にあった。部屋の畳は常時上げてあり、そこに至る廊下には土足で壕に出入りできるように新聞紙が敷き詰められていた。

「新宮市史」によれば、市に対する焼夷弾もしくは爆弾による空襲は、六月七月共に三度である。七月三日午前三時の臥竜山、野田方面へ焼夷弾攻撃のときは、まったく夢現であった。何度も頬を張られ、懸命に目を開けていようとしたが駄目であった。表に引っ張り出されても歩くことができず、「また眠ってしもうた、しようがない」という声を微かに聞きながら、祖母に背負われて隣家の防空壕に避難した。壕の中でも私は眠り続けていたらしい。

恐らくこの空襲の翌晩から、何の予告もなしに、いきなり焼夷弾や爆撃が降ってきたり、身支度に手間取っている間に被弾したりする恐れがあるというので、わが家では服を着て靴をはいたまま寝ることにした。玄関脇の大きな部屋の建具を取り払い、上がり框に寄せて蚊帳を吊り、家族全員が土間へ足を出して寝た。

夜中、厠に行った帰りに、燈下管制のため黒い覆をつけた暗い電燈に照らされて、靴をはいた大小十本もの足が蚊帳の裾から土間へにょきにょき突き出ているのを見た。それはひどく異様な光景であった。

七月十七日午前一時の空襲ははっきり記憶に残っている。深夜に私は叩き起こされた。激しく頬を張られ、その痛さと私を起こす切迫した声から、私はすぐにただならぬ気配を感じた。それでもしばらくは頭が朦朧としていた。どうにか五感が働き始めたとき、すでに上空はひどい騒ぎになっていた。

隣家の防空壕へ行くため、表に出た。向かいの家並越しにＢ29の編隊が川の上を上流へ向かって飛んで行くのが見えた。対岸から照射される探照燈が暗い空に十本ほど触手を動かし、その三本か四本が光の帯を交差させ、その真中に一機のＢ29を捕らえていた。それは夜空に掛けた巨大な巣の中央に蟠踞する邪悪な大蜘蛛を思わせた。

対岸から高射砲が間断なく発射され、砲弾が光の帯の中に薄墨色の煙を吐いて炸裂したが、見ている間には一発も命中しなかった。Ｂ29の編隊は市の上空を低空で旋回しながら、私の家の真東に当たる川口付近からその上流にかけての一帯に集中攻撃をかけているようであった。

私は防空壕の中で震えていた。いつ矛先が変わって直撃されるかも知れず、じっとしていられない気がした。爆音や高射砲の炸裂音にまじって、これまで聞いたことのない、もっとすさまじい異様な音が聞こえてきた。大人たちはかわるがわる外の様子を見に行っては相談していた。

「焼夷弾だ。線路の向こう側らしい」

「ここにいたんじゃ、かえって危ないんじゃないかな」

「しかし外に出ても危ないのは同じでしょう」

防空壕は家の床下にあったから、焼夷弾に直撃されると全員蒸し焼きになる恐れがあった。結局、表に見張りを立て、焼夷弾が近くに落ちたらすぐに逃げ出す心積もりをして、出たり入ったりしながらみんな壕の入口付近に待機していた。

爆音が聞こえなくなると、すぐ表へ出た。途轍もない高さの火の壁が轟音を発しながら船町通りの真正面に当たる東の天空に聳え立っていた。炎の荒れ狂う音に、建物の崩れ落ちる音、もののはぜる音が絶え間なく入りまじり、火に対する本能的な恐怖をいやが上にも募らせた。

仰ぎ見ると明るい中にも、どこか暗さを秘めている巨大な火の壁に亀裂のような閃光が縦横に走り、ねじくれ渦巻く火の手が暗い夜空とせめぎ合うあたりから無数の火の粉が金粉となって八方へ飛び散っていた。

噴き上げられた火の粉はチカチカ光りながら近くまで飛んで来た。頭上に降りかかるまでには大体消えていたが、中には一尺近い消炭がまじっていて、強い風が吹くと路上で赤く熾《おこ》った。船町筋でも半町も先の家々の屋根の上にはバケツや竹箒を手にした黒い人影が仁王立ちになって火の粉の行方を見届け、まだ火のついているものを消し止めていた。

東の空が白む頃には猛威をふるっていた火勢もようやく衰え、もはや船町に延焼する恐れはなくなった。表に出ていた人々も一寝入りするために次々と家に入り、通りには誰もいなくなった。寝不足で瞼が重く、ひどく疲れてはいたが、頭の芯だけが妙に冴えて、すぐ眠れそうにないので、私は収まって行く火の手を見ていた。そして家に入る前に誰もいない船町通りを半町ほど下ってみた。

もう屋根の上に人影はなかった。路上に散乱した燃え殻が風に吹かれて片側の軒下に波となって押し寄せ、新たな風が起こると、吹き溜まりが崩れ、あちこちで黒い波が軽い渦を巻き、乾いた音をたてて夜明けの蒼白い路面を次々に流れて行った。まだうっすら漂う煙の臭いをかぎながら、私は燃え殻を踏み砕いて家に戻った。

この空襲で市の三分の一近くが焼けたという噂を聞いたように思うが、手もとの資料によれば、このとき灰尽に帰したのは二百余戸となっている。もう一つ身の毛のよだつような噂を耳にした。その夜、Ｂ29の編隊はまず攻撃目標にたっぷり油をまき、それから繰り返し焼夷弾を投下したという。

それを聞いたとき、それまで知らなかった激烈な感情が胸の奥から湧き上がり、私は思わず身を震わせて空を睨んだ。それは単なる恐怖や怒りではなく、身をよじって叫びたいような敵に対する激しい憎悪であった。このとき鬼畜米英という言葉に初めて合点が行ったような気がした。

それから先は神経の磨り減るような夜が続いた。敵の攻撃目標が市の東部海岸付近から徐々に西へ移って来たので、次の空襲では、まだ手つかずの西部一帯が火の海にされるだろうと誰もが予測していた。

七月十七日の夜の空襲から月末にかけて様々な出来事があったが、どさくさに紛れて私の記憶は甚だしく混乱している。私たちの一家が叔父の勤務する熊野川上流の炭鉱の近くへ逃げ出したのは七月下旬である。それも一家揃って新宮の家を引き払ったのではなく、逃げ出せる者から先に出発した。

多分祖母に伴われて、私が兄と妹と一緒に新宮を発ったのは十七日の空襲から一週間以内のことであると思われる。しかしその正確な日は判らない。「新宮市史」によれば、七月二十四日の朝、十七日の攻撃目標がかなり広範囲にわたって、今度は焼夷弾ではなく爆弾によって激しく攻撃された。

私が新宮を出発する朝、空襲があって朝っぱらから隣の防空壕へ逃げ込み、間近に落下する爆弾の音やすさまじい地響きに震えおののいていた微かな記憶が残っている。

しかしこれが事実かどうか確信はない。ただその日、出発が遅れたために、目的地に着いたのは夜になってからであった。バスが、何故か、途中で運転を打ち切ったため、熊野川沿いの真暗なバス道を兄と並んで歩いたことをうっすらと覚えている。

祖父が仏壇を背負って六里の道を逃げて来たのは二十九日のことである。この日、新宮は川口付近に浮上した敵潜水艦の艦砲射撃を受けた。母は速玉神社の境内に逃げ込んだという。最後に一人残された母は家の後始末をして三十日か三十一日に新宮を後にした。家財は後に川舟で運んでもらった。

八月に入ってからは新宮への空襲はなかったようである。しかしながら、昭和二十一年十二月二十一日未明に起こった南海道大地震とそれによって発生した大火災により、幸い戦火をまぬがれた市街もほとんど烏有《うゆう》に帰した。したがって私が住んでいた二軒の家も見慣れた町並もきれいさっぱり焼けてしまい、私の記憶に残っている新宮は跡形もなく消えてしまった。

大台ヶ原に源を発する北山川と大峰山脈を水源とする十津川が、吉野、熊野、伯母子の重畳たる山並を縫って縦横に走る支流渓流を集め、和歌山、奈良、三重の県境が複雑に入り組むあたりで合流して熊野川となる。水流を増した急流は和歌山と三重の県境となって山峡を流れ下り、新宮を経て熊野灘にそそぐ。

北山川と十津川が合するところに、二筋の川に挟まれて、私たちが新宮から逃げ込んだ宮井という小さな集落がある。ここから北山川をさかのぼれば瀞八丁、十津川をさかのぼれば熊野本宮に至る。

北山川は急流、水は清冽、そそり立つ岸壁とその上から張り出した樹木を鮮やかに映し出す紺青の淵を随所に交えて奔る。浅場や淀みでは、川底の丸石の輪郭や色がはっきりと見え、岩陰の淀みを窺えば、のびやかに群泳する魚影が、時折、銀鱗をきらめかせて身をひるがえし、瀬尻や淵尻に目をこらせば、縄張りを争う鮎の影が稲妻のように走る。

十津川はいつもささ濁り、やや黄を帯びた緑色に見える。水勢は北山川に増して強く、豊かな水量を滔々と運んでいる。合流点上手の川原の突端に立って二つの川の境を見渡せば、足もとで緑の流れと青みがかった清流が激しくぶつかり合い、ねじれては盛り上がり、二色の水の境界は絶えず蛇の這いずるようにうねりながらも画然と分かたれている。

川の周囲はすべて山、山裾には果樹や竹林を交えた艶やかな常緑の広葉樹、その奥にはところどころ伐採跡の山肌を見せつつ松、杉、檜の茂る濃い緑の山並が続く。このあたりには平地が極端に少ない。流域に平地があれば、そこに先ず川原が生じる。合流点の付近では谷間が大分広がって僅かながら平地がある。

北山川沿いには宮井の対岸に川原が生じ、小舟という集落がある。そこに叔父の勤務する炭鉱があった。小舟へ行くには渡し舟で十津川を渡り、川原伝いに少し下流へ歩いて、合流点の下で生まれたばかりの熊野川をもう一度渡し舟で渡らなければならなかった。十津川沿いには宮井の側に広い川原があり、川原と山の間に畑地が上流の方へ長く延びていた。

人家は山裾の高み、あるいは山の斜面に小さくかたまって散在する。土地の人は山仕事を生業としていたのであろうが、副業の方が目についた。畑を耕し、猟や川魚漁をし、舟や筏を操り、あるいは炭鉱に勤めていた。

ただしこれらはすべて三十五年も前の話であって、今では道路が整備され、合流点の付近に橋がかかり、上流にいくつもダムが築かれたために水量が細ったと漏れ聞く。コンクリートの橋の上を自動車が走りまわり、その下をウォータージェットが行き交うなどというのはまったく私の与り知らぬ風景である。戦時中は瀞峡巡りのプロペラ船も運休していて、山奥の静寂を乱すものは何もなかった。

ついでにもう一つ、川の名称について付け加えておく。私が十津川と称している川は、現在、地図上には熊野川と表記されている。つまり宮井で北山川が熊野川に合流し、十津川は宮井の遙か上流で、いわゆる熊野川に合流することになっている。しかし地元では北山川と合流する川を十津川と呼んでいた。私はその記憶に従うことにした。

空襲に追われてほうほうのていで逃げ込んだこの山間の僻地は天然の屏風を十重二十重にめぐらした要害の地で、少なくとも表向きは外界の騒ぎの及ばない別天地であった。宮井に移り住んで何よりも有難く思ったのは安んじて眠れることであった。さすがに敵機もこんな山奥までやって来ないから、警報や爆音に脅かされることはなかった。かえって、夜ともなれば、瀬切りの音をかき消すばかりに下の川から河鹿の鳴く音が湧き上がり、それが夜の静けさを一層深め、慣れないうちは心細く、勝手が違ってなかなか寝つけなかった。

合流点から北山川沿いにゆるやかな坂道を登って行くと、左手の畑が途切れ、低い石垣の上に「たばこ」の看板の掛かった家があった。丁度このあたりで、道は川から四、五メートルの高さになり、土留めに石垣が組んである。川縁に細長く伸びていた畑も、石垣の下で先細りになって終る。

煙草屋の先には巨大な岩根が上の方から覆いかぶさるように道端へ迫り出している。その向こうに長屋が一軒建っていて、気のよい朝鮮人が住んでいた。ここで人家は跡絶える。

岩根と長屋の間に石段があって、途轍もない大きさの露出した岩盤の脇を四、五メートルも登って行くと、山を削り、石垣で補強してつくった細長い敷地に四軒ばかりの家が山にへばりついて並んでいる。そのとっつきの二階家が私たちの新しい住居であった。家の屋根は杉皮葺きで、杉皮の上には風に備えて大きな石が並べられていた。

四部屋の家に叔父夫婦と私たち一家の計八人が住むことになった。便所は外、風呂は隣家の貰い湯であった。水道はどの家にもなかった。一番奥の家の前に水汲み場があった。水は山奥の湧水を筧で引いていた。筧から古びた木の水槽にこぼれ落ちる水の音が静かに響き、秋の朝方には、水槽一面に枯葉が浮かんでいた。私はこの家で約九ヶ月暮らした。

宮井の国民学校は十津川沿いにあった。合流点から川沿いの道を歩いて行くと、やがて左手の川側に堤防の尻尾が現われる。十津川の堤防が合流点に近づいて、そこで終っているのである。堤防の内側には桜の木が何本か植っていた。右手の山側に続いていた畑がその先で途切れて小さな空地となり、それが運動場と称するものであった。学校は運動場の上の山の斜面に十津川を見下ろす形で建っている。斜面といっても、このあたりの山になだらかな斜面はないから、切り立ったような急斜面である。運動場の山側の端に高い石垣が聳え立ち、上は狭い空地、その向こうにまた石垣があり、その上に第一の校舎がのっている。石垣を一続きにすれば途方もない高さになってしまうので、二段構えにしたらしい。

石垣の左側に築かれた石段を登り詰めると、校舎の中央に突き当たる。そこに細長い平屋の校舎を二分する形の通路が口を開けている。通路でちょん切られた校舎の廊下は簀子の渡り廊下で連絡していた。

長屋門のような通路を通り抜けたところからまた石段、正面に高い石垣が聳えているのでこの石段は少し登ると、すぐ左右へ分かれる。右へ登れば、石垣の上には山を背負って第二の校舎、左へ登ると、校長先生の官舎があった。

二年生の教室は第二の校舎の右端にあった。裏山の樹木が校舎の屋根に覆いかぶさるように茂り、校舎の裏の空気はいつも緑色に染まっているように見えた。

高い石垣にも、石段にも手摺に類するものは何一つなかった。学校のみならず、宮井の家々や道の周辺は石垣と石段だらけで、無論手摺も柵もない。私たちは一日中そんなところを走りまわっていたけれど、別段危険だとは思わなかったし、誰かが石垣から落ちて怪我をしたという話も聞かなかった。

私は学校というものが好きではなかった。否応なしに性に合わない集団生活を強いられるのは苦痛であった。しかし山寺か山砦のような趣のあるこの学校は校舎こそひどくおんぼろであったが、私が高校に入るまでに転々とした七つの学校の中では、割合好ましい印象を残している。これは新宮での緊張した慌しい生活から開放されて、ほっとしたせいもあるかも知れない。

そうは言っても、この学校の記憶はすこぶる曖昧である。上の校舎には教室が三つ、下の校舎には教室が二つと教員室があったと思うが、それでは一つ教室足りない。多分二学年合同の学級があったか、それとも教員室の隣にもう一つ教室があったのか、どちらかであろう。

はっきりしないのは教室の数ばかりではない。呆れたことに、受持の先生のお名前もお顔もきれいさっぱり忘れている。私たちの組は男女共学で少人数であったが、級友はたった二人しか覚えていない。

私はこの学校で二つのことを覚えた。それ以外のことは何も記憶に残っていない。まず私は便所の臭いの漂う教室で九九を教わった。毎朝授業の前に、きまって九九を暗誦した。みんなで声を揃え、段が進むにつれて歌うように暗誦するのである。一週間もすれば大体覚えるし、一ヶ月もやっていれば自然と頭に染み込んでしまう。今でも頭の中で九九を唱えると、必ずその節回しがよみがえってくる。

もう一つは教室で教わったのではないが、私にとっては貴重な知識となって、今でも活用している。下の校舎の真中を貫く通路の壁は、向かって左側が大きな黒板、右側はとっつきに小さな黒板、その奥は図画や習字を貼り出す掲示板になっていた。この右側の小さな黒板に、先生方が毎週交替で、所感、寸言、知識のかけらなどを自由に披露されていた。理科の先生が書かれたというその中の一つを今も覚えている。それは問答形式になっていた。

屁はなぜくさいか。

フェノール、インドール、スカトール、アンモニア、硫化水素等の悪臭が含まれているからだ。

私たちはお互いに「お前、屁は何故臭いか知っとるか」と訊ね合い、この問答を何度もくり返した。したがって当時の宮井の生徒はみんな何故屁が臭いかを知っていた。この知識のおかげで、屁をしても、その音を聞いても、うろたえたり騒いだりすることなく、すぐ冷静にそのにおいの化学的成分を思い浮かべることができるのである。この一事を以てしても、この学校が私に好ましい印象を与えたのも、むべなるかなと誰しも思うに違いない。

話が前後したが、宮井に移ってから夏休みに入るまでに、少なくとも数日はあったように思う。多分転校した翌日の夕方、私はまだ馴染みの薄い学校へぶらりと出かけて行った。夕闇のたちこめる運動場の片隅の桜の木の下で数人の女の子が手毬をついて遊んでいた。

私はそこへ近づいて行った。毬をつきながら歌っている歌の文句が私の注意を引いたのである。女の子の中に一人だけ同級生がまじっていた。色白のすらりとした美しい子であったから、真先に顔を覚えたらしい。他は見知らぬ上級生であった。女の子たちは声を揃えてこんな歌を歌っていた。

日本勝った、日本勝った、支那敗けた、
支那人が日本人に勝つならば、電信柱に花が咲く。

後に私は内田百閒の随筆により、この歌が日露戦争の頃、相手国をロシアとして歌われていたことを知った。してみると、これは日露戦争の頃に歌われ出したか、あるいは日清戦争の頃から歌われ、日露戦争では敵国を変え、日華事変に際して再び息を吹き返した古い歌かも知れない。それは私にとって初めて聞く歌であった。

いくら山奥でも、この歌詞はあまりにもずれているように思われた。何しろ米軍の空襲で散々ひどい目に合わされて、やっと逃げて来たばかりであったから、このような歌詞を黙って聞き捨てにすることはできなかった。

私は毬つきに夢中になっている同級生の女の子の傍へ行き、今日本が戦っているのはアメリカであり、アメリカが空襲をしているのだから、「日本勝った、日本勝った、アメリカ敗けた、アメリカ人が日本人に勝つならば」と歌うべきだと注意した。

彼女は手を休め、きょとんとして私の話を聞いていたが、話は判ったと見えて、仲間に私の言ったことを取りついだ。そしてみんな一斉に支那をアメリカに変えて毬をつき始めた。ところが、しばらくその文句で毬をついていると思ったら、いつの間にか、また元の支那敗けたに逆戻りしてしまった。

折角の忠告を無視されたようで、はなはだ面白くない。私はみんなを睨《ね》めまわした。同級の子だけは私の視線が気になったらしく、傍へ来てアメリカでは語呂が悪くて歌いにくいと言い訳をした。

私はむかっ腹を立てた。この際、語呂など問題にするべきではないと思った。しかしみんなそっぽを向いてしまい、取りつく島がなかったので、仕方なく私は引き返すことにした。私は毬つきに熱中している女の子たちを振り返っては、女というのは道理の判らない度し難い代物だと思いながら、聞こえよがしに、覚えたばかりの歌をアメリカ敗けたで怒鳴ってみた。けれども何だか自分が場違いなところへ紛れ込んだような気がして寂しかった。

宮井国民学校はあまり戦時色を感じさせなかった。もっとも転校してすぐに夏休みに入り、八月十五日を迎えることになったから、これはごく短い期間の単なる印象にすぎない。

ただ一度、多分夏休み直前であったと思うが、山から松の根を運び出すために全校生徒が駆り出されたことがあった。松の根は乾溜して松根油を採る。本当かどうか知らないが、この油で飛行機を飛ばすのだと教わった。

学校と我が家の間に北山川へ注ぐ小さな谷川が流れている。その谷を大分さかのぼった山裾に、掘り起こされた松の根がごろごろ転がっていた。生徒は各々体力に応じて適当な大きさのものを選び、あるいは数人一組になって、私の家からさして遠くない山懐にある小さな製材所の材木置場まで二、三度運んだ。粗末ながらも屋根だけはある材木置場に、松の根がびっしり積み上げられた。しかし、すぐ敗戦になったので、折角汗をかいて運んだ松の根も結局油にならず、そこに空しく積み放しになっていた。

八月十五日は快晴でひどく暑かった。朝から家の中が何となく物々しかった。それは重苦しいというよりも妙に改まった、よそよそしい雰囲気であった。恐らくその理由の一端は家族全員が衣服を改めていたことにあった。昼前にみんなラジオのある二階の一室に集まり、正座して重大放送の始まるのを待った。

正午に放送が始まった。ところが雑音がはなはだしく、かすかな音声もすぐ消え、鋭い機械音がうねる波長に乗って上がったり、下がったり、宙返りしたり、それも遠ざかったり近づいたりして何だかさっぱり判らない。これも何を言っているのか皆目判らなかったが、問答らしきものが時々聞こえ、甲高くて嫌に素気ない「あ、そう」という受け答えだけが辛うじて聞き取れた。

後年、このいわゆる玉音放送の録音を聞いたとき、これではっきり聞こえたとしても、子供はもとより、大人でも首をひねったに相違ないと思った。家にはすでに敗戦の情報が入っていたらしく、まるっきり聞き取れぬ放送が終わった直後に、日本は敗けたのだと知らされた。ただそれをラジオで確認することができず、衣服を改め、物々しく正座して雑音を聞くという結果になってしまった。

儀式が終わったときのような気分になって、私は昼食の芋も食わず、一人で外へ出た。戦争に敗けて、これから一体どうなるのか、シンガポールにいる父は無事に帰国できるのだろうか、というような話を小耳に挟んで、そんなことは何一つ判らぬままに、私は大分興奮していたらしい。

強烈な日射しが真上から照りつけ、道や川原は目が痛むほど白々と輝き、山にも家にも立ち木にもほとんど影が見当たらなかった。路傍の草や畑の作物は乾き切った地面の照り返しを受けて、葉裏まで光を放っていた。私は学校の方へ歩いて行った。畑に人影はなく、どこの家もひっそり静まり返って、瀬音のほかに聞こえるものはなく、飛ぶ鳥の翳さえなかった。私は目まいを覚え、宙を踏む思いで家に引き返した。

二百二十日を大分過ぎた頃であったろうか、数日間篠突く雨が降り続いた。それまでは日照りが続いて、北山川の水嵩は著しく減り、水勢もめっきり衰え、合流点に間近いわが家の下あたりも、対岸まで浅瀬のようになった。渡し舟で対岸の小舟へ遊びに行った帰りに、兄を含めて四、五人の仲間と、衣服を脱いで頭にくくりつけ、徒渡《かち》りしたことがある。

用心のため大きな石を抱き、藁草履をはいて川を渡った。中流は見た目よりずっと深く、背は立つものの流れも急で、おまけに川底の石には珪藻がびっしり付着しているので、しばしば足を取られ、頭にくくりつけた着物はびしょ濡れになった。もし転んでそのまま流されたら、合流点から一気に熊野川の激流に呑まれ、三里下に浮き上がることにもなりかねないと、帰ってからひどく叱られた。実際にその直後、兄と二人で川舟に乗って遊んでいるうちに熊野川の激流に流され、助けを呼ぶやら、舟を流すやら、危うく死にかけるという大騒動を引き起こした。

普段は青々とした淵に樹木の影を映し、岸辺の石に鶺鴒を遊ばせ、定まった川筋を穏やかに流れている川も、ひとたび豪雨に見舞われると、様相が一変する。濁流が澎《ほう》湃《はい》として広い川原を埋め尽くし、川沿いの石垣を這い上がってくる。合流点の付近は道も畑も冠水し、赤く濁った水が川沿いの平地をことごとく呑み込むような勢いで逆巻き、さながら荒れ狂う濁流の海の観を呈する。

夜ともなれば、激しい雨音を貫いて、心胆を寒からしめるような水音が轟き、時折流木が石垣に激突する鈍く重々しい音が地響きを伴うような感じで伝わって来る。こんなに高いところまで水没する気遣いはないと判っていても、真っ暗闇の中で刻一刻水が上がってきて、今にも家が流されるのではないかと不安に駆られ、安心して眠ることができなかった。

雨が止んで水が引き始めると、筏師が活動を開始する。上流で流出した材木を集めて新宮まで運ぶのである。すでに上流で組み終えた大筏は中流を矢のように下って行く。

近所で臨時の筏師が筏を組み始めるときは、一本の丸太から始めるから見物であった。木場の祭りに演じる曲乗りと同じことをするが、こちらは一歩誤れば一命を失いかねないから、見ていても手に汗を握る。

まず一本の丸太に筏師が乗り、流れて来る丸太を鳶口で引き寄せ、手早くかすがいを打ち込んで戻って来る。増水のため畑に水が乗っているところは流れがあまりなく、ところどころ淀みをつくっている。集めて来た丸太、流れ寄る丸太をそこでつなぎ、ロープで縛って一枚の筏をつくる。このようにしてつくった筏を何枚も縦につなぎ合わせ、筏が大分長くなったところで流れに乗せ、流木を集めながら川を下って行くのである。

合流点の付近を起点とする北山川沿いの道は、私の家のあたりで沿道の人家が跡絶え、そこから先、山襞をめぐって曲がりくねりつつ上流の集落へ通じている。道の左手は険しい山、右手は雑木の茂る急斜面もしくは崖、その下に北山川の早瀬や紺碧の淵が見える。

私はこの道を日課のように一人で歩いた。次の集落まではかなり遠い。人家が見えるところまで行って引き返して来ると、かなりくたびれた。静まり返った未知の集落は薄気味悪かったので、決して踏み込んだりはしなかった。この道で人に出会うことは皆無に近かった。

この道を歩き始めるきっかけとなったのは野イチゴである。宮井に移り住んで間もない頃、兄や近所の子と遊んでいるうちに、私たちは家のすぐ近くの路傍の草むらに野イチゴが真赤に熟しているのを見つけた。摘んで食べると口の中がとろけるように甘かった。

そのとき野イチゴと蛇イチゴの区別を教わった。野イチゴの実は小さな粒が集まって出来ているが、蛇イチゴの方は赤味の差した白っぽいぶよぶよの丸い実の表面に細かい真赤な突起がついているから、見分けるのは簡単であった。

その翌日、この道を上流の方へもっと行けば、他にも野イチゴがあるかも知れないと思いつき、今度は一人でこっそりイチゴ探しに出掛けた。かなり遠くまで足を伸ばし、二ヶ所か三ヶ所、野イチゴが生えている場所を発見したときは狂喜乱舞したい心持であった。

まずは赤い実を次々に摘み取って掌に集め、二口か三口で平らげた。それから毎日のように野イチゴを見まわりに行き、青い実が熟すのを待って食べ、とうとう道端の野イチゴをことごとく食べ尽した。後には赤い蛇イチゴだけが虚しく残っていた。

野イチゴがなくなる頃に木イチゴが熟した。琥珀色の実は見た目にも美しく、野イチゴにくらべて甘味こそ乏しかったが、上品な味がした。木イチゴの木は目につくところに一本しかなかった。その木は崖に生えていて、道から手を伸ばしても採れない実があった。しかしそれをむざむざ見逃す訳にはいかなかった。崖を降りるときは、足をすべらすと遥か下の川へ転げ落ちる恐れがあるので、大袈裟に言えば、命がけのような気がした。

野イチゴで一度味をしめていたから、私は道の両側の比較的足場のよいところをよじ登ったり、這い下りたりして木イチゴを探した。散々苦労した挙句、山側の斜面の雑木の陰に、もう一本木イチゴの木を見つけたが、日当りが悪いせいか実の付きが悪く、苦労の割に戦果はあがらなかった。

木イチゴの季節が終わってからも、私はこの道の見まわりを続けた。その道がもはや自分の縄張りのように思われ、一日に一度少しでも歩かないと気分が落ち着かなかった。段々それが習慣になってしまったけれど、これも元をただせば食い意地に帰着する。

間食、とりわけ甘いものを口にすることなどなかった私にとって、野イチゴや木イチゴはこの上なく貴重なお八つであった。黄金色の実を鈴生りに付けた金柑の木のある家をどんなにうらやましく思ったことだろう。それに反して門前に立派な柚子の木のある家を見ては、どうしてこんな下らない木を植えているのかといぶかしく思った。

子供の頃に飢えた記憶のある世代は食物の話になると、思わず知らず肩に力が入ってしまうらしい。あまり食物の話にこだわれば、聞く人の微苦笑を誘う結果になることは重々承知している。

戦中戦後の惨憺たる食事の献立を並べたてて子供のときの食物の恨みを書き連ねても仕方あるまい。当時は誰もが似たようなものを食べていたのだろうし、私の場合は、学童疎開で苦労した人達にくらべれば、ずっと恵まれていたと思われるから、食物にまつわる思い出は多々あるけれど、あまり深入りせず、そのうちの幾つかを書き留めるにとどめよう。

新宮の船町にいたとき、鶏を一羽飼っていた。白色レグホンの雌鳥で、羽のきれいな人懐っこいかわいい奴だった。宮井へ逃げ出す頃には、もうすぐ卵を生み始める位に成長していた。しかし空襲のどさくさの中を鶏など連れて逃げる訳にはいかないと言われた。私は反対したけれど、潰して食べることに決まった。

直接手にかけることは誰もが嫌がった。兄が一計を案じ、庭の木に縄の一端を結びつけ、鶏の首に巻きつけてから、縄のもう一方の端を力まかせに引っ張った。鶏は途轍もない悲鳴をあげて大暴れしたので、兄はたまらず縄を離した。

結局祖父がこの鶏を絞めた。私は祖母が毛をむしり、肉を裂く一部始終を黙って見届けた。その夜は鳥鍋の御馳走であった。みんなが執拗に勧めたけれど、私は我を張って久しぶりの御馳走に箸をつけず、一人鰹節を削って菜にした。何でも食べなければならない食糧難の時代に、私は目の前で煮えている鳥鍋を食べないという選り好みの贅沢をした。以来高校に入って下宿生活をするまで私は鶏肉を一切口にしなかった。

戦争末期から戦後にかけて、空腹は常態であり、「腹がへった」というのが口癖になっていた。宮井で一日中外を走りまわっていると、粥腹芋腹ではすぐに腹がへった。あまりの空腹に耐えかねて、ある日の夕方、兄と二人で川縁の畑から薩摩芋を盗んだ。二本ずつ掘り出した芋を十津川の流れで洗って、かぶりついた。しかし生芋はまずいし、塊がつかえてそう簡単に喉を通るものではない。誰かに見付かりはせぬかと気遣いながら、目を白黒させて一本だけは食べた。もう一本は多分どこかに隠して置いた。天罰てきめん、二人ともひどい下痢をひき起こした。家でその原因に不審をもたれ、糾明されたけれど、とうとう最後まで盗み食いをしたことは白状しなかった。

同じように目を白黒させて食べても、逆にうまかったものもある。敗戦の後、しばらくして目張り寿司というものを食べた。これは高菜の漬物にくるんだ大きなおむすびである。合流点の付近で北山川へ注ぐ小さな谷川の岸辺に家族そろって出掛け、ピクニック気分で昼食を食べた。近所の人たちも一緒だったから祭日であったのかも知れない。

このときの目張り寿司は思わず目を見張るほど大きくはなかったが、それでもかなり大きな、まじり気なしの御飯のかたまりであった。めったに口に入らぬ白飯に感動して、口一杯に頬張ったら、甘い米の匂いが鼻腔に漂った。その匂いに我を忘れ、もはや米の味を噛みしめる余裕すらなく、目を白黒させて飯のかたまりを呑み下した。後から後から口に詰め込む飯のかたまりが食道を押し広げて胃へ落ちて行くその充実感が実に頼もしく、豪勢に思われた。

食物の匂いに迷って、野イチゴの道からつい脇道にそれてしまった。それというのも、木イチゴが終ってから大分長い間、この道に生り物がなかったので、その間、道草を食う仕儀になった。

相変わらず縄張りの見まわりを続けていた私は、秋になって、思いがけぬところにアケビの実を見つけた。曲がりくねったこの道に沿って立ち並ぶ電柱は、電線を最短距離で結ぶため、道の左右へしばしば位置を変える。時には路傍から両側の斜面へ大きくはみ出して立っている。山側の雑木を伝って這い上がったアケビの蔓が道の上を斜めに横切る電線にからみつき、それに青い実が一つ付いていた。

私はその蔓を逆に辿って山の急斜面をよじ登り、潅木の茂みの中に、二つ三つ青い実が生っているのを発見した。そうなると誰の目にもとまる道の上にぶらさがった実が気になって仕方がない。何とかしようと思ったが、電線は高く、棒ではたき落とすこともできなかった。

私は毎日アケビを見に行き、それが熟すのを楽しみに待った。私と同じ経路で茂みの中の実が誰かに見つかりはしないかと一抹の不安を感じたが、ほとんど人の通らない道ではあるし、電線からぶらさがっている実にしても、必ず目につくとは限らない。たとえそれが見つかっても、他の実は極めて足場の悪い茂みの陰に隠されている。横取りされる気遣いはないと考えることにした。アケビの実は次第に色づいてきた。はやる心を抑えて、私はアケビが口を開く日を待ち構えた。

ある日のこと、もうそろそろ食べ頃だと思い、学校から帰って早速様子を見に行くと、何たることか、茂みは無残に踏み荒らされ、実は一つ残らず取り去られていた。私は地団駄を踏んでくやしがった。どうして前日思い切って採らなかったのかと、それればかりが悔やまれ、早い者勝ちの原則が骨身にしみた。アケビの実よりも私の考えの方が甘かったのである。

それにしても一体誰が私のアケビを盗んだのか。私は憤懣を外へ向けた。私はその道を一番よく通ると思われる郵便屋さんに疑いをかけた。もしあのときの郵便屋さんが健在で記憶力のよい人ならば、当時、出会うたびに何故かこわい顔をして睨んでいた子供がいたことを思い出すであろう。

数日後、電線のアケビが大きく口を開き、あんぐり口をあけて見上げる私に笑いかけた。小鳥が来て、楽しげに啼き交わしながら、熟れた実を啄んだ。それを見るたびに、私は無念の思いを噛みしめた。


敗戦の日から、平和がよみがえった安堵の思いと表裏をなして、父の安否が私たち一家に重苦しくのしかかっていた。「大丈夫、そのうちきっと無事に戻って来る」と始終言い聞かされたが、言い聞かす方もそう言いながら、半ば自分を説得している節があった。たとえ父の命に別状がなくとも、抑留される身となっては、帰国がいつになるのか誰にもわからなかった。

シンガポールから父に関する正確な情報がいつ頃、どんな経路で届いたのか、もうはっきりと覚えていない。記憶にぼんやり残っているのは、様々な情報に一喜一憂したことや、父の帰還を前にして、何も手につかぬような慌しい家の中の雰囲気だけである。

父が帰って来たのは十二月の十日頃であった。くじ運がよく、引き揚げ者の中でも、もっとも早い部類に属する。母が舞鶴へ迎えに行った。

後に残った私たちは十津川を渡ったところにあった新宮発のバスの終点で父を出迎えた。私は父の顔をまるっきり覚えていなかったけれど、父は一目で判った。バスから降りてくる土地の人達の間で、父は一人異彩を放っていたから、いやでも目についた。

まっくろに日焼けし、煉瓦色のホームスパンの三つ揃いを着用した大男が両手に大きなトランクを提げて、ぬっと私たちの目の前に現れ、途轍もない大声を発した。私は思わず祖母の陰に隠れた。それを見て、みんなが笑った。久しぶりの対面で私がはにかんでいると思ったらしい。しかし、実を言えば、私は父の人相風体にいささかたじろいだのである。顔の黒さは尋常一様ではなかったし、煉瓦色の服など見たこともなく、そんな派手な色を男が身につけるとは思ってもみなかった。

父の出で立ちに度肝を抜かれ、出合い頭に再会の喜びを表わし損なった私は、その代わりに、父が初めて乗る十津川の渡し舟の船頭をさせてもらった。船頭と言っても、櫓を押す必要はなかった。この渡しは、小舟へ渡る下流の渡しと違って、舟が川の上に張り渡されたワイヤロープに鐶によって連結されていたから、子供でも棹をさしさえすれば、舟を対岸へ渡すことができた。

帰国の当座は父の顔をすっかり忘れていたせいもあって、どことなく違和感を覚えたが、日が経つにつれて、それも薄れていった。それまで父親の話になると、私ははなはだ分が悪かった。

友達に父親の漁の腕前を自慢されても、急流を乗り切る巧みな操舟を得々と語って聞かされても、こちらは父のことを碌に覚えていなかったので、それに対抗するどころか話にもならず、黙って承る他はなかった。しかしこの話題も、もはや鬼門ではなくなった。

私は近くの山に登ったり、川原を散策したりする父の後を、友達を引き連れてついてまわった。父が帰ってしばらくの間は、丁度台風の目に入ったように、その前後の厳しい時期を一時忘れさせる平穏無事な日が続いた。

昭和二十一年二月、父は秋田の山奥の鉱山に戻ることになり、任地に向けて一足先に出発した。私たちが宮井を発ったのは大分遅れて四月の上旬である。ついでに言えば、このときの長い道中の混雑は言語道断、まるで悪夢のようであった。窓から汽車に乗り降りし、網棚の上に長時間荷物のようにのせられた。便所へ行くには、人の頭の上を沢山の手でリレー式に送られて行った。ところが便所の中にも乗客が詰まっているので、その先がまた大騒動、女の人が用を足すときは、誰かが号令をかけ、便所の中の乗客が一斉にうしろを向き、目をつぶるのであった。

宮井を去る日の朝、私は野イチゴの道に別れを告げに行った。父が帰って以来、私はこの道を歩かなくなっていた。しかしこの地を離れるに当たって、私に貴重なお八つを提供してくれた、この歩き慣れた道にちょっと挨拶して置かなければならないと思った。初めは遠くまで行くつもりはなかったが、もう一曲がりと名残惜しさについ足が進んで、大分遠くまで歩いてしまった。これで最後にしようと決めた曲がり角まで来たとき、目前に開けた光景を見て、私は思わず目を見張った。

右手の川へずり落ちている比較的なだらかな斜面に道端から大きくはみだした電柱が一本立っていて、それに藤の蔓が這い上がり、三つ四つ花房をつけていた。電柱のてっぺんから勢いよく跳ね上がった蔓の先には、ひときわ見事な房が垂れ下がり、露を含んだその薄紫の花がやわらかな朝の光に、うっとりするほど美しく映えていた。

私は藤の花に見とれていたが、そのうち、宮井に来て早々、校庭の隅の桜の木の下で、数人の女の子が毬をつきながら歌っていた歌を思い出した。

日本勝った、日本勝った、支那敗けた、
支那人が日本人に勝つならば、電信柱に花が咲く。
目の前の電信柱に、本当に花が咲いていた。匂い立つ藤の花房を眺めながら、私は
そのとき、しみじみ日本は敗けたのだと思った。

あとがき

旧作から大体似たような傾向の作品を選び、「戦中の記」とあわせて一冊にまとめてみた。本にするに当たって若干手を加えた。いずれも同人雑誌『飛火』に掲載した作品である。

初出は以下の通り。

「ぬばたま」
淡雪　胡桃の木と驢馬　虎杖　菊坂　コブラ　幼なじみ（七号　一九七九年四月）
月明かりの女（八号　一九七九年十二月）
合歓の花（十三号　一九八六年十二月）
櫻亭（二十号　一九九三年六月）
ライオン（三十一号　二〇〇三年一月）

「笹蟹」（十三号　一九八六年十二月）
「乞食譚」「西洋乞食譚」（五号　一九七七年九月）
「サン・ジャック街の蛸」（六号　一九七八年九月）
「狼に墓標」（三十六号　二〇〇七年十二月）
「戦中の記」（九号　一九八〇年九月　＊　十号　一九八二年七月）

出版に際しては、創英社編集部の藤岡徹さんと小荷田真美さんのお世話になった。とりわけ小荷田さんの手を煩わせた。末尾を借りてお礼を申し上げる。

二〇一四年十一月二十八日

樋口　虚舟

著者略歴

樋口　虚舟

1938年　浜松生まれ

1961年　早稲田大学大学院文学研究科（仏文学専攻）修士課程修了

もと文星芸術大学教授

ぬばたま

2015年1月9日発行　　初版発行

著者

樋口　虚舟

発行・発売

創英社／三省堂書店

〒101-0051　東京都千代田区神田神保町1-1

Tel：03-3291-2295　Fax：03-3292-7687

印刷／製本

株式会社新後閑

ISBN978-4-88142-887-0 C0093